札差髙田屋繁昌記㊂

兄の背中

千野隆司

時代小説文庫

JN181508

角川春樹事務所

目次

江戸時代、【蔵米取《くらまいとり》】と呼ばれた直参の侍は、幕府からの給与を米で受け取っていた。禄米（給与）の支給は【切米《きりまい》】といい、年に三度の一大行事。家で食べる以外の米は換金して、生活費とした。この受け取り・換金を代行したのが【札差《ふださし》】であり、禄米を担保とした金貸し業も兼ねていた。【札旦那《ふだだんな》】とも呼ばれた直参たちの生活は苦しく、貸す貸さないのやりとりのなか、思わぬ事件が起こることも――。この話は、そんな札差の跡取りとなったものの、金貸しにはとうてい向かない若旦那・高田屋新五郎の成長譚である。

札差高田屋繁昌記（三）

兄の背中

第一話　桶の金魚

一

お長屋の外には、北からの風が吹いていた。枯葉が、風に舞って落ちてくる。暮れ六つ（午後六時頃）の鐘が鳴って、冷え込みもいくぶん強くなってきた。九月もすでに下旬になっている。

どこかから、風の音に交じって犬の遠吠えが耳に入ってきた。

千坪近いご大身《たいしん》といっていい旗本の屋敷だが、闇《やみ》の中に埋もれている。庭に人の気配は感じなかった。

「ゆっくり遊んでいってくだせえ」

裏門の潜《くぐ》り戸《ど》を開けて、ここまで案内をしてきた若い中間《ちゅうげん》が、軋《きし》む戸を開けてから言った。中は百目蠟燭《ひゃくめろうそく》が灯《とも》って、眩《まぶ》しいくらいだ。人のざわめきがあって、酒のにおいと煙草《タバコ》の煙が室内に漂っている。依田半之助《よだはんのすけ》は、一瞬腹の奥深いところでちりとした痛みを感じたが、敷居を跨《また》いだ。

戸が後ろで閉められた。

百目蠟燭が照らしているのは、畳二枚を縦に並べて、それに白布を被《かぶ》せた盆茣蓙《ぼんござ》である。これを七、八人の男たちが囲んでいた。侍も町人も交ざっている。歳《とし》も二十代から髪に白髪を含んだ五十代の者までいた。

盆茣蓙の中央にいるのは、もろ肌をぬいだ三十代後半の男である。右手に壺《つぼ》、左手に賽子《さいころ》二つを持って、周囲にいる者たちに見せていた。兼造《けんぞう》という名の、流れ者の壺振りだと依田は聞いていた。

二つの賽子を呑《の》み込んだ壺が、一気に盆茣蓙に伏せられる。ごく微《かす》かに、白布の上でずらしてから、壺振りは手を離した。

「丁」

「半」

次々に声が上がる。盆茣蓙のそれぞれの端に駒札《こまふだ》が置かれた。武家も町人もない。男たちは固唾《かたず》を呑んで、伏せられた壺に血走った目をやっていた。

「丁方いないか」

中盆役《なかぼん》の寅助《とらすけ》という中間が、野太い声を上げた。盆茣蓙の周囲にいる者すべてが、声を上げたわけではない。壺を睨《にら》みつけたまま、身じろぎしない者もいた。それらに、丁半の駒札が揃《そろ》うように声をかけたのである。

半に賭《か》けた者が多いということだった。

「丁」

甲高い声が上がって、若い侍が駒札を盆茣蓙に載せた。

「揃いました」

寅助が声を上げると、男たちは身を乗り出した。賭場《とば》が静かになった。そこで兼造が壺に手を伸ばした。一気に持ち上げた。

「ヨイチの半」

賽子は四と一を上にしている。寅助の声に続いて、男たちのどよめきが盆茣蓙の上に起こった。大げさにため息を吐《つ》いている者もいる。口元に笑みを浮かべた者もいた。

寅助は、外れた者の駒札を集め、その中から当てた者へ手際よく分け与えた。もちろん、胴元の取り分は残している。

「ふう」

胸に溜《た》まった息を、半之助はここで吐き出した。息苦しいほどに、胸が高鳴っている。部屋に入ったとき一瞬感じた腹の奥の痛みは、見事に消えていた。

懐に二枚の小判が入っている。それを着物の上から握りしめた。

依田は、部屋の奥にいる侍の傍《そば》へ歩み寄った。膝《ひざ》の前に銭箱と、積んだ駒札を置いている。この賭場の、胴元といった役割の者だ。歳は二十代後半、旗本屋敷の中小姓で向原利助《こうはらりすけ》という名なのは知っていた。

駒札に替えるのは、取りあえず一両分にするのか、初めから二両にするのか半之助は少し迷った。しかし懐に入れた指先が二枚の小判に触れると、片方だけを残すことはできなかった。

この賭場へ初めて足を踏み入れたのは、およそ二月前である。それまで博奕《ばくち》に手を出すなど一度もなかった。家禄《かろく》百五十俵の御徒組頭《おかちくみがしら》として、派手な遊びをすることもなく、堅実に暮らしてきた。

同じ家禄の者でも、札差《ふださし》から高額の金子を借りて、返済に窮する姿をおりおり目にしてきた。しかし依田家では、それはまったくなかった。亡くなった父母は質素倹約を絵にしたような暮らしをしていたから、借金をする必要がなかったのである。

衣服は洗い張りをし、繕って何年も着る。新調などよほどのときにしかしない。必要な場合は、古着を買った。酒や魚を口にすることも、正月や盆、法事や祝い事などのときだけだった。それを不満だとも思わなかった。

前から、古い付き合いの組頭仲間に、賭場へ誘われていた。

「賭けなくても、覗《のぞ》くだけでも良い。おもしろいぞ」

と言われた。賭場に置いてある酒は、いくら飲んでも銭は取られないとも告げられていた。

誘われた賭場は、湯島《ゆしま》にある家禄千石の旗本小松原采女《こまつばらうねめ》の屋敷内の中間部屋である。やくざ者が胴元になっているわけではないと、念押しもされた。

それで一度きりのつもりで、顔出しをした。ただ酒を振る舞われて、半刻《はんとき》（約一時間）ほど賭場の様子を見た。明るい盆茣蓙で行われるやり取りに、目が眩《くら》んだ。そして二度目に誘われたときには、断ることができなかった。

そのとき、百文だけ賭けた。

するとそれが、いつの間にか千文近くにまで増えた。心の臓が高鳴り、一気に全身が熱くなった。三十五歳になる今日まで、そのときほど気持ちが高揚したことはなかった。

三度目に誘われたときは、手に入れた千文を懐にして、小松原屋敷の裏門を潜った。

そしてこのときも、大儲《おおもう》けをした。面白いように、予想した通りの賽《さい》の目が出た。半之助はこれで、中間部屋で行われる賭場の、常連になったのである。

しばらくは、儲けたり損をしたりが続いた。狙《ねら》った目が出ず駒札を持っていかれるのは悔しいが、当たって駒札が戻ってくる喜びは、他の場面で得ることはできなかった。

そしてこの数回、損が重なっていた。儲けた金のほとんどが巻き上げられてしまった。

「まあ、いろんなことがありますよ。次はきっと、旦那《だんな》が狙った目が出ますぜ」

そう、中盆役の寅助には慰められた。

「いかにも、そうに違いない」

当たり続けたときの、気持ちの良さは忘れない。それで初めて、家の者には内証で札差から一両の金を借りた。勝負をしたのである。

当たったり外れたりがあって、無我夢中の一刻（約二時間）あまりが過ぎた。けれども最後の勝負が済んだときには、依田の懐は空っぽになっていた。そして次の賭場では、二両を失っていた。

今日も札差から二両を借りて、小松原屋敷へやって来た。

「今夜こそは」

という気持ちだ。賭場の興奮が、さらにそれを煽《あお》り立てた。

「二両分を、替えてもらおう」

半之助は懐から二両を取り出すと、向原に差し出した。向原は無造作にこれを受け取ると、かなりの量の駒札を渡してよこした。受け取った両の掌《てのひら》は、すっかり汗ばんでいる。

それを抱えて、盆茣蓙に近づいた。壺振りの正面よりはやや外れた場所に空き座布団があった。そこへ腰を下ろした。すると若い中間が、茶碗《ちゃわん》に注《つ》いだ冷酒を持ってきた。

喉《のど》が渇いている。一気にこれを飲み干した。酔いなど、まったく感じなかった。

「次の勝負、参ります」

兼造が、壺と賽子を手に取った。依田は、二つの賽子を凝視する。駒札に添えた手は離さない。

札差から借りた金子の総額は、すでに五両になる。何としても奪い返し、返済をしておきたかった。家の者は、借金を知らぬまま、今夜も粗末な夕餉《ゆうげ》を口にしているはずである。

だがそれが頭に蘇《よみがえ》ったのは、一瞬だった。賽子が壺に投げ込まれ、盆茣蓙の上に被せられると、頭の中には家の者の顔など微塵《みじん》も残っていなかった。

「半」

そう叫んで、駒札二枚を白い布の上に置いた。

丁半駒が揃って、壺振りの兼造は壺を持ち上げた。

「グシの半」

寅助の声が響いた。賽子は、四と五を上にしていた。

「おおっ」

半之助は、自分の背筋が震えたのが分かった。一月前の、図星の目が次々に現れ出てきた頃を思い出した。

外れた駒札が集められ、そして当てた者に配られた。その駒札を、握りしめた。

しかしそれから立て続けに、駒札が奪われた。丁と言えば半の目が、半と言えば丁の目が出た。まるで手妻を見るようだった。一両分の駒札が、あれよあれよという間になくなった。

半之助は、近くに置いてあった一升徳利に手を伸ばし、自分の茶碗に酒を注いだ。ごくごくと、二杯を立て続けに飲み干した。すると腹の奥が、いきなり熱くなった。

「そろそろだ。そろそろ来る。いつまでも外れ続けるわけがない」

次の壺が伏せられたとき、腹を決めた。ひと思いに大きな勝負をしてやろうと考えたのである。

「丁」

誰よりも先に、半之助は声を発した。手元にある駒札すべてを、盆茣蓙に載せたのである。

一同の目が、自分に注がれたのを感じた。全身が、火の塊になったような熱さを感じた。汗が全身から噴き出しているのが分かった。

「半」

次々に、相対する目を告げる声が上がった。

丁半、駒は揃わなかった。一度に一両分を賭ける者などめったにいない。こういうときは、胴元の向原が駒を出した。

「揃いました」

寅助が口にすると、賭場はしんと静かになった。一同の目が、壺に集まった。

息苦しいほどの思いで、半之助はこの一瞬を待っていた。兼造の手が、壺に伸びた。

「わっ」

喚声が上がった。

「ヨイチの半」

寅助が告げた。半之助の前にあった駒札を、無造作に持ち去った。

「ううっ」

呻《うめ》き声しか出ない。しばらくの間、息継ぎをするのさえ苦しかった。どれほどのときがたったのか、次の勝負が始まったのが分かった。しかしそれに対する関心は、まったく起こらなかった。

そして次の勝負がついたとき、半之助の前に酒の注がれた湯呑み茶碗が差し出された。

「まあ、飲んでくださいな」

そう言ったのは、向原だった。

「ああ」

受け取った半之助は、一気に飲み干した。すると向原は、半之助の耳に口を近づけて言った。

「今日は運がありませんでしたが、こんな日ばかりが続くことはありません。どうです、次はいっぺんに十両の大勝負をしてみませんか。必ず、思い通りの目が出ますよ」

その声が、耳の奥に響いた。

二

店の戸を開けると、さっそく外で待っていた侍二人が、敷居を跨いで土間へ入ってきた。

「いらっしゃいませ」

手代や小僧が、声をかける。いつもと変わらない、札差髙田屋《たかだや》の朝の風景である。

入口前の蔵前《くらまえ》通りには、朝から晩まで人や荷車、駕籠《かご》などがひっきりなしに行き交う。髙田屋は鳥越橋《とりごえばし》の南、天王《てんのう》町に店があった。

札差の店に出入りする客は札旦那と呼ばれ、全員顔見知りだ。家禄の米を金に換え、ついでに禄米《ろくまい》を担保にして金を貸す。一見《いちげん》の客が現れるなどはあり得ない。代々付き合いを続ける直参ばかりだった。

札差に奉公した小僧がまず覚えさせられるのは、客である札旦那の顔と名、それに家禄の高である。これが分からなければ、話にもならない。

店にやって来た札旦那は、一人ずつ対談方の手代と、金の貸し借りについての話し合いをする。将来の禄米を担保にして金を貸すのだから、取りっぱぐれはない。しかし三年も四年も先の禄米では、返済も滞ってしまう。

直参とはいっても、実入りの中心は家禄で、役の手当てを貰《もら》える侍はごく一部に限られた。恵まれた者といっていい。多くの札旦那は、家禄だけを実入りにして暮らしを立てていた。借りられるだけ借りてしまうと、その最低限の暮らしの糧まで返済に回さなくてはならなくなる。

そこで札差としてみれば、どこまで貸すかが商いの要諦《ようてい》になった。利息を取り商いとして金を貸している以上、返済を見込めない融通をするなどはあり得ないからだ。

店の奥にある帳場には、文机《ふづくえ》の前に陣取った番頭の平之助《へいのすけ》が座って睨みを利かせている。出納《すいとう》が役目の中心だが、それだけではない。商いの全体に目をやっていた。今は四十八歳だが、十代の初めに小僧として髙田屋に奉公をし、叩《たた》き上げで番頭になった。主人の弥惣兵衛《やそうべえ》でも、商いについてはこの男の意見を無視することができなかった。

若旦那の新五郎《しんごろう》は、平之助がいる帳場格子の外側にいて店の全体に関《かか》わる。店には百人を超す札旦那がいるが、もちろん一人一人の顔や名、禄高やこれまでの貸し借りの状況のあらましが頭に入っていた。

「お手柔らかに願いますよ」

意気込んでやって来る札旦那に、笑顔で声掛けをする。しかし頭の中では、どこまで貸せるか、いつもそれを考えた。

考えろと、毎日のように平之助に言われていた。

新五郎は、髙田屋の次男坊として生まれた。それまでは手代として店に出ていたが、今一つ家業に身が入らなかった。

金貸しは、どうも性に合わない……。

と思っていた。

金を貸す貸さないのやり取りは、決して楽しいものではない。札旦那の多くは、金に窮して店に顔を出すのである。計算ずくで対応する日々から、逃げ出したくなることはしばしばあった。

ところが今年の二月に、跡取りだった兄の惣太郎《そうたろう》が急死をした。弥惣兵衛夫婦には、他に子どもはいない。新五郎に若旦那のお鉢が回ってきたのである。

惣太郎はやり手の若旦那として、札差仲間でも評判のいい若者だった。そして新五郎は、いかにも頼りない影の薄い存在といえた。だが若旦那と呼ばれる身の上になると、性に合わないなどと暢気《のんき》なことは言っていられなくなった。

「何が何でも、一人前の若旦那になっていただきます」

と宣告され、若旦那修業が始まった。すでに半年以上が過ぎている。自分ではだいぶ慣れてきたつもりだが、小言を受ける場面はいまだにあった。

今日は九月の二十四日、兄の月命日である。新五郎は谷中の菩提寺《ぼだいじ》徳恩寺《とくおんじ》へ墓参りに出かける。大っぴらに店を抜け出せる、貴重な機会だった。

月命日の墓参は、母のお邑《ゆう》もする。しかし新五郎は、母とは同道しない。昼前早いうちに出かけてしまう。それにはわけがあった。

月命日の決まった刻限に、兄の墓参りをするもう一人の者がいる。兄嫁のお鶴《つる》である。歳は新五郎よりも三つ年上の二十四歳。惣太郎との間に子がなかったので、高田屋からは離縁となった。家禄二百五十俵の無役の旗本都築《つづき》貞右衛門《さだえもん》の娘である。

新五郎の目的は、徳恩寺の境内でお鶴と会うことだ。会ったからといって、何かをするわけではない。寺の近くの茶店で、饅頭《まんじゆう》を食べるだけだ。

それでも会えば、気持ちがほっとした。爽《さわ》やかな気持ちになった。

札差の家では、武家から嫁を取るのは一般的ではないにしても、取り立てて珍しいわけではなかった。惣太郎とお鶴は、弟の目から見ても円満に見えた。

兄が亡くなったのは、病を患ったからではない。日本橋本町通りを歩いていて、荷車から満載した米俵が崩れ落ちるという出来事があった。このとき道端に五歳の娘がいて、米俵の下敷きになるところだった。これを惣太郎は救った。しかしこのとき、米俵の一つが頭を直撃していた。

娘を助けることはできたが、惣太郎は命を失った。享年二十六歳、あっけない最期といっていい。

お鶴は兄の死を、悲しんだ。それでも、一人の娘の命を救ったのは確かである。葬儀では気丈に振る舞った。娘の両親や一族が救われた礼を告げ、死亡の悔みにやって来たときも、取り乱すことなく対応をした。

そして葬式が済んだほぼ一月後、子のないお鶴は実家へ帰って行った。

新五郎は、それきり縁が切れると思っていた。兄嫁として好意を持ってはいたが、離縁となればどうすることもできない。ところが兄の月命日に、ばったりと再会した。

お鶴は毎月、決まった刻限にお参りにやって来る。新五郎は翌月から、その刻限に一人で行くことにしたのである。

「では、行ってきますよ」

新五郎は、平之助に声掛けをして髙田屋を出た。心なしか早足になったのが、自分でも分かった。

徳恩寺に到着するのは、お鶴が来る刻限よりは四半刻《しはんとき》（約三十分）以上早い。新五郎はまず、丁寧に墓の掃除をする。花を供え、墓石に水をかける。瞑目《めいもく》合掌をして、この一月の暮らしを伝える。よかった点も、しくじったと思っていることもである。それで我が身を振り返った。

惣太郎は札差の若旦那として、一つ一つ納得のいく動きをした。見習うべきことは、限りなく多い。自分もああなりたいと考えて、日々の商いに関わっている。

兄と二人だけのときを過ごしてから、新五郎は墓からやや離れた樹木の陰で、お鶴が現れるのを待った。姿を見ても、すぐには声をかけない。

お鶴の瞑目合掌は、かなり長い。自分と同じように、この一月の暮らしを兄に伝えているのに違いなかった。その時間を、邪魔してはならないと考えていた。

天気のいい日ばかりではないが、この待っているひとときは嫌ではなかった。

足音が聞こえて、新五郎はそちらに目を向けた。

お鶴の白い横顔が見えた。美しいと思う。髪が武家風になっているのが、髙田屋にいたときとは異なっている。墓前に腰をかがめた後ろ姿を、新五郎は凝視した。

今日も長い合掌だった。

終えたお鶴は、立ち上がる。線香の煙が、晩秋の空に昇ってゆく。

歩き出して少し行ったところで声をかける。お鶴の穏やかな笑顔が、新五郎に向けられた。

「達者でお過ごしでしたか」

「はい。新五郎さんはいかがでしたか」

「少しずつ、兄に近づいています」

これは冗談だ。まだまだ足元にも寄れないと思っている。相手がお鶴だから、口にしたのである。

「それは何よりです」

取り留めのない話をしながら、徳恩寺の山門を出る。寺町の道は、人通りが少ない。

枯葉がひらひらと舞い降りてきて、どこかから読経《どきょう》の声が聞こえてきた。

菊屋橋《きくやばし》の袂《たもと》に出て、そこにある茶店に入った。店先にある蒸籠《せいろ》から、甘い饅頭の湯気が道に流れ出てきていた。毛氈《もうせん》の敷かれた縁台に、二人は並んで腰を下ろした。

「どうぞごゆっくり」

藍染《あいぞめ》の前垂れをした娘が、饅頭と茶を置いて行く。

新五郎は、ほかほかの饅頭を手に取る。けれどもすぐには食べ終えない。食べ終えて茶を飲み干してしまったら、お鶴とはそれで別れなくてはならないからだ。

「実は新五郎さんに、お伝えしておかなくてはならない話があります」

茶を一口啜《すす》ったところで、お鶴が言った。初めから伝えようと思っていたことだと察しられた。

「何でしょう」

通りの向こう側の家に、赤く実のなった柿《かき》の木がある。それに目をやりながら応《こた》えた。

「近く、私は都築家を出ることになりました。小さな商いを始めます」

どこかに、恥じらいのこもった言い方になっていた。

離縁となったお鶴には、再婚話がないわけではないと聞いている。しかしその話に乗る気配は、まったくなかった。お鶴は惣太郎と祝言を挙げる前に、一度嫁いでいる。離縁となって、それから髙田屋へ嫁いできたのであった。

もともと、惣太郎とは好いて好かれる仲だった。しかし都築家の事情で、他所《よそ》に嫁さねばならなくなった。しかしそれはうまくいかなかった。惣太郎のことが胸に残っていたからである。

お鶴を忘れられなかった惣太郎は、独り身を通していた。離縁となったのちに、女房として娶《めと》った。

夫婦になるために、二人はかなりの遠回りをした。それだけにお鶴にしてみれば、惣太郎を失ってすぐに三度目の嫁入りをしようとは考えないのだと、それは盆暗な新五郎にも理解できた。

しかし都築家には、長くはいられない。跡取りの兄貞之助《さだのすけ》には妻女があり、すでに子どもも生まれていた。いつまでも実家にいられる身の上ではなくなっている。

本人から直に聞いたわけではないが、お鶴が何かの商いをしたいと考えているのは前にも聞いた。話がまとまった模様だった。

高田屋を出るに至ったのは、不始末があったからではない。よくできた嫁として、評価をされていた。実家に戻るにあたって、お鶴の身が立つようにとそれなりの金子が高田屋から贈られていた。これを元手に、商いを始めるのである。

「どこで、何をなさるのですか」

新五郎にしてみれば、真っ先に知りたいことだった。

お鶴はすぐには応えず、もう一度茶を啜った。そして饅頭を割って、口に入れた。

「おいしいですね」

そう言ってから、話を続けた。

「すべてがはっきりしたところで、お伝えいたします。その折には、ぜひともお訪ねくださいまし」

口元に、笑みがあった。新しい暮らしが始まる。それに希望を持っている表情だと、新五郎は感じた。

「ぜひにも、何かの役に立たせてください」

何ができるかなど分からない。それでも自分の思いを伝えた。

「ありがとうございます」

明るいお鶴の言葉が、耳に響いた。

三

お鶴と別れた新五郎は、高田屋へ戻った。何日も前から楽しみにしていた時間は、あっという間に過ぎてしまっていた。

外出していたのは、一刻半（約三時間）ほどの間だった。

店の中には、五人の札旦那が土間の縁台に腰を下ろしていた。高田屋には四人の手代がいて応対をしているが、その順番を待っているのである。小僧の卯吉《うきち》が、これらの者たちに茶を配っていた。

来月十月には、禄米の支給となる切米がある。換金した米の代金が入るはずだが、それを待てない札旦那たちが金を借りに来た。

病人が出たとか、冠婚葬祭で臨時の支出があったなど、皆それぞれの事情を抱えている。

「さあ、何とかいたせ。直参を困らせて札差などやっておれまい」

ひたすら強気に出て金を借り出そうとする者もあれば、下手に出て拝むようなそぶりを見せる者もいる。

札差は情では金を貸さない。あくまでも商いとして貸す。しかし損得づくだけでは、長い繁昌は望めない。新五郎はそう考えていた。

おおむね金を借りに来るのは、常連が多い。一度大きく借りてしまうと、その利息の支払いに追われる。より高位のお役にでも就かない限り、禄は増えない。返済分が増えただけ実入りが減って、次の借金をしなくてはならなくなる。

一度その悪循環に陥ってしまうと、抜け出すのは容易ではない。

札差は貸すのが商売だから、返済が見込める間は貸し続ける。しかし結果として札旦那を追いつめるのは確かだから、事情によっては貸すのを渋る場合もあった。

「商いが繁昌するのは大切なことだ。しかし商人だけが儲かるのでは、本当の繁昌ではない。客と共に栄えることが、末永い繁昌に繋《つな》がる」

これは惣太郎が残した言葉である。新五郎はずっと胸に刻み込んでいた。

四人の手代がそれぞれ対談している札旦那の中に、一人だけ気になる顔があった。三人は常連で、せいぜいが銀十匁《もんめ》から二十匁までの小口の借用を求める者たちだ。二年先の禄米まで担保にしていて、それでも窮してやって来る。

けれどもその客は、違っていた。高田屋の札旦那ではあっても、ほとんど金を貸すことはなかった。暮らし向きも安定した家だった。

それがここへきて、一度に一両、二両、二両と、一月足らずに五両もの金子を貸し付けていた。そして間を置かず、またやって来て対談をしているのである。

家禄百五十俵の徒組頭で、依田半之助という札旦那だ。相手をしているのは手代の狛吉《こまきち》だった。依田は身を乗り出して、何かを喋《しゃべ》っていた。これまでとは微妙に様子が違う。差し迫った気配が感じられた。

話が途切れたところで、新五郎は狛吉を呼んだ。

「いったい、どうしたというのか」

「十両を、貸して欲しいっていうんですよ」

額に浮かんだ汗を手拭《てぬぐ》いで拭《ふ》きながら狛吉は応じた。二両を貸したのは、ほんの数日前である。

依田家は、先代のときから堅実に暮らしている。金銭的には追いつめられてはいない家として、新五郎の記憶にあった。短い間に五両を貸したのも、先の年度の禄米に担保の設定がなされていなかったからである。

「何のために欲しいと言っているのか。十両というのは、半端な額ではないからな」

十両を、貸せない相手ではない。ただ直近の借り方を含めて考えると、何か事情がありそうだった。

「それが尋ねても、はっきりとは言わないんです。禄米を担保にするのだから、文句はあるまいとそれ一点張りです」

辟易《へきえき》した口調になっていた。すでに四半刻以上粘っているとか。

「すると家人の病とか、家の増改築といった話ではなさそうだな」

「ええ、遊びに使うのかもしれません」

狛吉は言った。

切米の折に会う依田は、いつも温厚そうな物言いをする。しかし今日は、かなり粘っこく感じると狛吉は訴えた。

そこで新五郎は、狛吉と代わって依田の前に出た。

「どうしても、なくてはならない金子なのでしょうか」

笑顔を交えて尋ねてみた。

「もちろんだ」

「貸金は、これまでと併せると十五両となります。年一割二分の利息も付きますから、来月の切米では、お手元にお渡しする金子の額が明らかに減ります。いかがでしょう、もう少しお考えになってからでは」

貸さない、とは言っていない。事情を訴えてくるのならば、最後まで話を聞くつもりだった。これまで借りないで済んでいた御家《おいえ》でも、それなりの事情が出来《しゅったい》することはないとはいえない。また遊びのための金ならば、一晩頭を冷やせば気持ちも収まるのではないかとの期待もあった。

「借りた金子を、長くそのままにするつもりはない。すぐに返すめどがあるので、申しているのだ」

「ほう。返す確かなあてがおありになるわけですね」

「そ、そうだ」

顔に、一瞬躊躇《ためら》いが浮かんだ。それを打ち消すような言い方だった。

「では、どこから入ってくるのでしょうか」

これに応えるいわれは依田にはない。そう告げられたならば黙るつもりだったが、相手はふうとため息を吐いた。

「分かった、明日もう一度参ろう」

そう言って立ち上がった。返す確かなあてなどないのかもしれない。ともあれ一晩考えてみるのは、依田にとって意味があるだろうと考えた。

新五郎と狛吉は、その後ろ姿を見送った。


その日の午後、小僧の卯吉が新五郎に客人が来ていると伝えてきた。三十をやや過ぎた歳の武家女だそうな。札旦那の妻女だと思われた。

店の出入り口を出た軒下に、その女が立っていた。身に付けているのは木綿物の古着だが、きっちりと着こなしている。新五郎が頭を下げると、女は依田半之助の妻女津根《つね》だと名乗った。前に一度会ったことがあるのを思い出した。

切羽詰まったといった顔を向けている。

「お尋ねをしたいことがございます」

「何でしょう」

役に立てるなら立とうというつもりで、問いかけた。

「今日の昼前、夫がこちらに参ったのは、まことでございましょうか」

わずかに戸惑った様子を見せてから、思い切った様子で口にした。知り合いの者から、店を出る姿を見かけたと教えられた。それで確かめに来たのである。

「お出《い》でになりました」

見た者がいるならば、隠すまでもないと思った。

「お金を借りたのでしょうか」

「いえ。借りたいとのお言葉でしたが、お考え直しいただくように申しました。それで今日はお帰りいただきました」

「夫はこれまでにも、お金を借りているのでしょうか」

「つい最近、しめて五両を融通させていただきました」

「ええっ」

驚きの顔になった。そこには、怖れの表情さえ浮かんでいた。依田が金を借りていることを、津根は知らないらしかった。

「では今日は、いくら借りに来たのでしょうか」

言ってよいかどうか迷った。依田にしてみれば、内密にしたい金子なのかもしれないからだ。ただ、来月には切米がある。そのときになれば、嫌でも気づかれる。ならば隠しても仕方がないだろうと考えた。

「十両です」

「………」

今度は声も出さなかった。目に、みるみる涙の膜ができた。

「お願いでございます。何があっても、貸さないようにしていただきとうございます」

と言った。声が少しかすれていた。

「依田様に、近頃何か変わった様子がございますか」

おそらくその不安があるから、ここまでやって来たのだ。

「近頃そわそわしております。落ち着きません。そして夜に、外出をするようになりました。お酒を飲んで帰ってまいります」

「誰と飲むのですか」

「徒組の方々だと言いますが、そうではないかもしれません」

「女ですか」

「それはないと思います。白粉《おしろい》のにおいをさせて帰ったことはございません」

口調からして、夫婦仲は悪くないらしかった。夫を案じているといった気配があった。

「これまでは、どのようなお暮らしだったのですか。夜の外出はなかったわけですね」

「はい。夫は金魚を育てるのを楽しみにしております。穏やかに、暮らしておりました」

津根はそれが壊れるのを怖れているのだと、新五郎は察した。

「お金の遣いようは、いかがですか。外で飲んでくるお酒の代は、どうしているのでしょうか」

「多少の小遣いは持っていますが、いつもとなると足りないはずです」

それも気になっている様子だった。

博奕ではないかと、新五郎は感じている。うまく儲かったのならば、その金は出るはずだった。そして負けが込んできて、金が必要になったという予想である。ただ断定はできないので、口には出さなかった。

「店の札旦那には、徒組の方もおいでです。近頃の依田様の様子を、それとなく聞いてみましょう」

と新五郎は言った。

依田半之助が何をしようと、押し止《とど》めることはできない。しかし兄の惣太郎ならば、そのまま見過ごしはしないだろうと考えた。「繁昌とは何か」という兄の言葉が、頭に浮かんだ。

実直に生きてきた札旦那の暮らしが、場合によっては崩れてゆく虞《おそれ》があった。何事もなければそれでいいが、借金が嵩《かさ》めば依田家は泥沼にはまり込む。

「よろしくお願い申し上げます」

津根は頭を下げた。

四

来月の切米が近づいていた。札差では、代理受領した米の売り先について、事前の手当てをしておかなくてはならない。売り渡す先は例年のことだから決まっているが、量では毎回微妙に違いが出る。一軒ごとに打ち合わせをしておくことは、若旦那の大事な役目だった。

新五郎は、上野広小路にある大店《おおだな》の米問屋へ出かけた。量と価格を確かめるだけでなく、搬送のための荷車を手配するのも札差の役目だ。それなりに忙《せわ》しなく一日を過ごした。

それでも新五郎は、依田の新造と交わした約束を忘れてはいなかった。上野の山の東に広がる一帯には、徒組の組屋敷が広がっている。

高田屋の札旦那で、御徒ではあっても依田半之助の組ではない侍の家を訪ねたのである。真島壱兵衛《まじまいちべえ》という家禄七十俵の徒衆である。

徒衆は泊まりがあって、交代で役目を行う。いなければまたの日にと思っていたが、幸い真島は屋敷にいて話を聞くことができた。歳は三十九歳、浅黒い顔の小柄な男だった。

木戸門で声をかけると、姿を現した。

新五郎は、途中で菓子折りを求めていてそれを手渡した。真島の機嫌は悪くなかった。少しの間雑談をしてから、本題に入った。初めに、ここだけの話だと断っている。

「組頭の依田様でございますが、近頃変わったことはございませんか」

おや、という顔をしたが、何かを問いかけてきたわけではなかった。組頭とはいっても、組が違えば上役ではなかった。ただの知り合いに他ならない。

「さあて。お役目の上では、別に変わったことはないが」

まずはそう言った。

「では番が開けた後は、どのようにお過ごしなのでしょうか。皆さんで酒を飲みに行くような折がおありなのでしょうか」

「あの方は、吝《しわ》いからな。めったにそれはない。金魚好きの、生真面目《きまじめ》なお方だ」

だがそう言ってから、少し口元に嗤《わら》いを浮かべた。何か、思い当たるふしがあるらしかった。

「お話しいただければ、ありがたいですね」

「まあ、わざわざここまで来たわけだからな。話してやろう。どこまで本当かは分からぬが、賭場通いをしているという噂《うわさ》を聞いたことがある。堅物だからな、金魚をいじっておればよいものを、賽子に手を出してはカモになるやもしれぬ」

面白がっている気配さえあった。むっとする気持ちがないではないが、それを顔には出さない。

「出入りしているのは、どこの賭場ですか」

「そこまでは知らぬ。あくまでも噂だからな」

「では、ある程度分かりそうな方はおいでですか」

「ならば、その前の道を少し歩いたところに、塚越八兵衛《つかごしはちべえ》という者が住んでいる。そこで聞いてみたらよかろう。あやつ今日は、非番のはずだぞ」

塚越も依田の組ではないという。髙田屋の札旦那でもなかった。ともあれ行ってみた。

　このあたりは組屋敷だから、同じくらいの広さの屋敷が並んでいる。木戸門の脇に柊《ひいらぎ》の木があるというので、すぐに分かった。

　声をかけると、年の頃四十前後とおぼしい長身の侍が出てきた。塚越八兵衛だと確かめてから、新五郎は小銭を袂に落とし込み、そして真島から紹介されてやって来たと伝えた。もちろん丁寧に頭を下げている。

　ここだけの話だと告げて、いきなり本題に入った。

「依田半之助様が出入りをされている賭場がどこか、教えていただきたいのでございます」

　当然知っていると踏んでの物言いだ。愛想笑いなどしていない。慇懃《いんぎん》に対応していても、聞くことはしっかり聞くぞという気持ちになっていた。札差稼業をしていたら、武家が怖くては商いにならない。

　塚越はとっさに驚いた気配を見せたが、こだわるふうは見せなかった。新五郎が袂に小銭を落とし込むのを、黙って目にしていた。

「ご大身だぞ」

そう言って、袂を前に出した。もっと入れろということらしい。そこであと十文ほどを入れてやった。

「小松原采女という千石取りの屋敷だ。うちの組頭が、一緒に行ったと話していたことがある」

屋敷は神田明神《かんだみようじん》の裏手にあるそうな。賭場は、四日か五日に一度の割合で開かれる。けれども塚越は、それ以上小松原について何かを知っているわけではなかった。

ただ依田が、賭場に出入りしているのだけは、これではっきりした。

新五郎はその夜、門伝丞之助《もんでんじようのすけ》の屋敷を訪ねた。

新五郎は幼少のときから、兄と共に下谷《したや》練塀《ねりべい》小路にある中西《なかにし》派一刀流の道場に通っていた。

「武家相手の札差ならば、剣術の素養があった方がやりやすかろう」

という父弥惣兵衛の思惑があったからである。新五郎は兄共々、免許の腕前になった。ひとところは札差よりも、剣術の方が自分に向いていると思っていた。

門伝は一つ年上だが、その中西道場での剣友だった。おまけに門伝家は髙田屋の札旦那だったから、入門した当初から付き合いが続いている。昵懇《じつこん》の間柄だといってよかった。

門伝家は家禄百俵で、代々御徒目付の役に就いている。旗本を監察糾弾する御目付の下役である。役務の対象は御徒の者だが、旗本御家人の事情については詳しい男だった。

なかなかのやり手だと聞いている。

下り酒の一升徳利を、手土産に持って行った。

「よしよし、よく来た」

門伝は新五郎の訪問よりも一升徳利の訪問を喜んだ様子だった。無類の酒好きである。

広くもない屋敷の一室で向かい合った。

「うむ、これはうまい」

茶碗にどくどくと注いで、門伝は遠慮なく喉を鳴らした。茄子《なす》の古漬けを肴《さかな》にして飲みながら話を聞いた。

「小松原采女という名は、折々耳にするぞ。家禄は千百石だが、五百石高の御小納戸《おこなんど》衆をしている。気位の高い男だからな、役に不満があるようだ。それで伝手《つて》を捜して、よりよいお役に就きたいと、あれこれ図っていると聞いているぞ」

歳は四十二で、縁者にはもっと高禄の旗本もあるとか。

「その屋敷では、中間部屋で博奕が行われているそうですが」

「まあ、珍しくはない。よくある話だ。中間たちが小遣い稼ぎにすることもあれば、殿様が家臣にやらせて、金を巻き上げるというけしからぬ者もいる。しかしな、屋敷の中の出来事では、どうにもならぬ」

そう言ってから、また門伝はごくごくと飲んだ。茶碗が空になれば自分で注ぐ。そういう意味では、手間のかからない男だった。

「すると小松原は、賭場で巻き上げた金を、役付きのために使っているのかもしれませんね」

「まあ、ないとは言えぬだろう。依田には、さっさと手を引くように告げるしかあるまい」

門伝は簡単に言った。

五

「そういえば昨日、依田様は顔を見せませんでしたね」

狛吉が、新五郎に向かって言った。門伝の屋敷を訪ねてから、翌々日のことである。

あの日の依田の様子では、翌日には顔を出してきそうだった。

「博奕をあきらめたのならば、何よりだがな」

新五郎は応えた。

狛吉には知らせていないが、実は昨日の朝、津根が新五郎を訪ねて来ていた。そのときに、門伝から聞いた話については伝えている。

津根は真剣な顔で話を聞いていた。屋敷に帰って夫婦で話し合い、博奕から手を引く覚悟ができたのならば何よりだと、新五郎は考えていた。

「今しがた耳にしたんですが、瓦町《かわらまち》の駒江屋《こまえや》さんの札旦那が、御家人株を手放したそうです。何でも博奕にはまり込んで、借金が嵩んだのだとか」

それで狛吉は、依田を思い出したらしかった。

食い詰めた御家人が、借金返済のために御家人株を手放したという話は、取り立てて珍しいとは言えない。高田屋でもつい先日あった。しかしそれは、長年の借財が積もってやむにやまれずといった中でのものだった。

博奕で身を持ち崩した話は、めったに聞かない。

「なるほど。それで賭場はどこだったのか」

念のために聞いてみた。

「何でも、大身旗本家の中間部屋だとか」

それ以上は、知らないようだ。顔見知りの札差の手代から、耳打ちされたのである。

「なるほど」

頭に浮かんだのは、門伝から聞いた話である。しかし依田が、あれ以来姿を現していないのは、何よりだと新五郎は胸を撫《な》で下ろした。

今日も高田屋には、朝から札旦那がやって来ている。狛吉も、その対応に忙しい。依田のことは、客の顔を見たらすぐに忘れた模様だった。すでに対談を始めている。

新五郎はこれから、今日も卸先の米問屋を廻《まわ》る。店によって多めに仕入れたいところもあれば、抑えたい店もある。打ち合わせは大切だった。一人で判断できないときは店に持ち帰り、父弥惣兵衛や平之助の意見を聞く。

勝手な判断はしない。しかし自分なりの考えを持つことも大切だとは、いつも頭に入れていた。

蔵前通りに、朝の日差しが当たっている。花川戸《はなかわど》町へ向かって歩いた。

「おや、若旦那」

御米蔵の前を歩いているところで、声をかけられた。猫背の五十がらみの男である。小太りで、いつ会っても額に脂汗をかいている。蔵前界隈《かいわい》で高利貸しをしている泰造《たいぞう》という者だった。

新五郎は知らないが、若い頃一時期髙田屋で手代をしていたとか。平之助とは朋輩だったわけで、それで今でもときおり顔を出す。歓迎されているわけではないが、そんなことは気にしない。

「お客を、泣かしちゃあいませんか」

頼まれれば簡単に貸すが、取り立ては厳しいと聞いている。それでつい、こんな言葉が出た。

「やめてくださいよ、若旦那。人聞きが悪いじゃありませんか」

へらっと口元に笑みを浮かべた。卑し気な顔に見えた。そして続けた。

「髙田屋さんの札旦那にも、お役に立っていますよ。えへへ。こう見えても、ずいぶんと喜んでいただいているんですから」

それで行ってしまおうとしているのを呼び止めた。

「近頃、誰かに貸したということですか」

「ええ。昨日、依田半之助様に。たいそう喜んでくださいました」

「貸したのは、い、いったいいくら」

心の臓が、どきんと跳ねた。

「十両です」

「な、何と」

魂消《たまげ》た。依田は借りられないと悟った髙田屋ではなく、他から借りたのである。しかもよりによって、高利貸しの泰造からだった。

「すぐにお返しいただけるとのお話でしたからね、ご案じになることはありませんよ。それじゃあ」

驚いている間に、泰造はさっさと行ってしまった。

博奕に使うならば、一文残らず取り上げられてしまうのは間違いない。妻女津根と話をしても、賭場への誘惑に勝てなかったことになる。それで借りやすい泰造を頼りにしたのだ。

「仕方のない、御仁だな」

新五郎は、ともあれ花川戸町の米問屋へ行った。用談が済んでから、真っ先に頭に浮かんだのは、依田についてだった。

「さて、どうしたものか」

そのままにするつもりはない。蔵前通りを歩いていると、駒江屋の店が見えてきた。

髙田屋よりも多数の札旦那を抱えている札差だった。

出がけに、狛吉がここの札旦那が御家人株を手放した話をしていた。博奕で身を持ち崩した侍である。これについて、話を聞いてみようと考えた。

駒江屋は、五年先の禄米まで担保にして金を貸す。それだけ貸してしまえば、利息が嵩んで後々札旦那が苦しくなるのは明らかである。それでも、店の利益を優先させる店だった。阿漕《あこぎ》な札差だという声が、蔵前界隈にはあった。

ただ髙田屋とは、同業として浅からざる付き合いをしていた。商いの仕方は異なっていても、主人同士は昵懇の間柄だった。

したがって新五郎も、店には度々やって来た。すべての奉公人と、顔見知りだった。

「いらっしゃい」

敷居を跨ぐと、声がかかった。新五郎は駒江屋の番頭から話を聞くことにした。

「それは、海野《うんの》六兵衛《ろくべえ》様という方ですよ。西ノ丸の御徒でした」

家禄は七十俵で、歳は三十五だとか。屋敷は外神田の和泉橋《いずみばし》通りにあった。もともと借金を抱えていたが、海野は博奕にはまってしまった。初めは儲かったが、結果的には御家人株を手放さなければ身動きできないところまで、追いやられてしまったのである。

「まあ、身から出た錆《さび》でしょうな」

番頭の口ぶりは、冷淡だった。

新五郎はその足で、両国広小路へ行った。この広場で見世物小屋を出している、羽《は》衣屋《ごろもや》天祐《てんすけ》を訪ねたのである。

金貸し業に嫌気がさしていた新五郎は、十三歳のときから折々店を抜け出して、天祐の見世物小屋に顔出しをしていた。小遣いには困っていなかったから、見たいだけ見られたのである。

そしていつの間にか、主人の天祐と顔馴染《かおなじみ》になった。

両国広小路にはいくつもの見世物小屋が出ているが、天祐はそれらの主人の中では顔役といってよい存在である。土地の地回りも一目置いていた。

「どうしたんですか、浮かない顔をして」

天祐は、すぐに新五郎の心中を見抜く。高田屋には関わりのない人物で、唯一信頼できる者だったから、愚痴を言ったりもろもろの出来事についての意見を聞いたりしていた。ここには木戸番の幸助《こうすけ》という十七歳の若い衆もいて、必要なときに手を貸してもらっていた。

「実はね……」

新五郎は依田の一件について、あらましを伝えた。その上で、海野六兵衛について幸助に調べを依頼した。

旗本屋敷の賭場だというが、それはどこの誰だったのか。またそのやり口はどうだったのか、そのあたりを知りたいのである。

「博奕にはまったやつは、駄目だと言ったたって聞きやしませんよ。阿漕なやり口を暴いて、どうだって見せなければ、目が覚めません。厄介なもんです」

天祐は、博奕で身を持ち崩した多数の者を知っているとか。その言葉は、新五郎の耳には重く響いた。

幸助には、たっぷりの駄賃を与えた。そして髙田屋へ戻ったのである。切米を目前にして、新五郎は自分では動けなかった。

幸助は、さっそく神田川を北に渡って和泉橋通りを歩いた。すでに海野が組屋敷にいないのは分かっているが、そこで行き先を知っている者を捜すつもりだった。

「新五郎さんには、世話になっているからな」

と呟《つぶや》きが出る。しっかりと調べようと思うのは、たっぷりの駄賃を貰ったからだけではない。今は髙田屋の若旦那になって忙しいが、そうなる前は、弟分としてあれこれ面倒を見てもらった。

それが頭にあるからである。

しかも大店の若旦那になったからといって、偉ぶることもない。前と同じように声掛けをしてくれる。これからもずっと付き合っていきたいと考えていた。

和泉橋通りは、まっすぐに北へ伸びている。武家地に入ってしばらく歩くと、西ノ丸徒組の組屋敷があるところへ出た。

武家地で人通りは少ないが、このあたりは敷地が狭くて垣根の住まいも少なくない。庭にいる者に声をかければ、すぐに話を聞くことができた。

もちろん、下手に出た言い方で近づく。そのあたりは、慣れていた。

木戸門のうらぶれた家があって、それが海野の屋敷だったと知らされた。隣の屋敷の庭に隠居らしい老人がいたので、声をかけた。

「海野六兵衛様に、前にお世話になった者でございます。今はどちらへ行かれたか、ご存知ならば教えていただけませんでしょうか」

と頭を下げた。できるだけ殊勝に見えるように心掛けた。

「わしは知らぬが、家の者が知っているやも知れぬ。ちと待つがよい」

老人はそう言って、建物に入った。かなり古い家だった。しばらく待たされて、老人は戻ってきた。

「本所横網町《ほんじよよこあみ》の裏長屋だと聞いたぞ」

「そこへは、ご新造様方と移られたわけですか」

「いや、そうではない。妻女と子どもは、実家へ戻った。一人になって、裏長屋住まいの浪人者になった。博奕などに入れ込んだ、報いであろう」

同情のない言い方だった。

幸助はそれで、今来た道を戻って本所へ向かった。横網町は、両国橋を東に渡って少し歩いたところにある。ここで町の自身番へ行った。

「海野六兵衛様ならば、銀兵衛店《ぎんべえだな》だね。あの荒物屋の横の路地を入った奥にあるよ」

と教えられた。

行ってみると、古材木を集めて建てた、いく分傾いたような長屋だった。九尺二間の、窓のない部屋である。

住まいは分かったが、海野は留守だった。隣の女房に聞くと、大川河岸で人足仕事をしているとか。

「元はご直参だっていうけどねえ」

女房は憐《あわ》れむように言った。一度浪人になった侍は、ほとんど再仕官などできない。商人や職人になるわけにもいかないので、やれる仕事は限られていた。

幸助は、教えられた大川河岸へ行って海野を捜した。半刻ほど聞き回って、ようやく探し出した。半纏《はんてん》姿の男たちに交じって、醤油樽《しょうゆだる》を運んでいた。

「ちょっとだけ、話を聞かせてくださいまし」

幸助は手早く小銭を、海野に握らせた。通い詰めた博奕場がどこかを問いかけたのである。

顔が強張《こわば》り、そしてみるみる歪《ゆが》んだ。

「それは、千石取りの小松原采女の屋敷だ。あいつら、つるんでいかさまをやりやがった」

怒りと憎しみが、目と口吻《こうふん》に満ちている。唾《つば》が顔に飛んできた。

「小松原家とは、湯島にある御小納戸衆を務める殿様のところですね」

この名は新五郎から聞いている。しかしそれでも、念のために確かめた。

「そうだ。神田明神の裏手にある屋敷だ」

「いかさまだということですが、どうしてそれがお分かりになりましたんで」

「決まっているではないか。通い始めたころは、おれの言った通りの目ばかりが出た。そして負けが込んでくると、おれが言わない目ばかりが出た。そんな馬鹿な話があるか」

「なるほど」

具体的な証拠は握っていないらしい。だがまんまとやられたのだと、幸助は受け取った。初め儲けさせるのは、いかさま博奕の常套《じょうとう》手段だ。

「壺振りがやっているわけですね」

「兼造という壺振りだ。中盆役の中間寅助と、間違いなく示し合わせていやがる」

胴元役をしているのが、小松原家の中小姓で向原利助という者だそうな。他に若い中間がいて、酒を注いだり門番をしたりしているとか。

「すると皆、小松原家の奉公人ですね」

「いや、壺振りだけは雇われて外から来ている。後は、奉公人だ。殿様も知っていてやらせているとしか思えねえ」

兼造は、上野広小路の地回り讃岐屋《さぬきや》玄蔵《げんぞう》のところで草鞋《わらじ》を脱いでいる流れ者だと海野は言った。賭場に通ったのは三月余りで、その間に賭場に関わる者のおよその事情をやり取りの中で察したという。

「どれくらい、やられたんですかい」

「四十両はやられたな。負けが込むと、取り返そうと金を借りる。その量がだんだんに増えていった。そうし向けてきたのが、向原の野郎だった」

海野家には、前々から駒江屋からの借金があった。これに高利の四十両が加わっては、どうにもならなかっただろうと、幸助でさえも予想がついた。

それでもしばらく繰り言を聞いてから、幸助は海野と別れた。

六

幸助から話を聞いた新五郎は、高田屋の商いが済むと同時に店を飛び出した。すでに夕暮れどきになっている。

商い中の外出は、できるだけ控えている。出かけようとすると、平之助からどこへ行くのかと問われる。若旦那という立場上、勝手な動きはできない。しかし店が閉まった後ならば、何をしようとあれこれ詮索《せんさく》されることはなかった。

そういう点では、平之助はさっぱりしていた。

上野の山はすでに薄闇に沈んで、空の雲が朱墨をまいたように染まっている。新五郎が向かったのは、御徒の組屋敷である。依田半之助に会わねばと思っていた。

西空の夕焼けは、瞬く間に薄れてゆく。

高利貸し泰造が、依田に十両を貸したのは昨日だと言った。それがまだ巻き上げられていないことを願って歩いた。いつの間にか、足早になった。

暗くなるのは分かっていたので、新五郎は提灯《ちょうちん》を手に持っている。その明かりが揺れた。

札旦那の屋敷には、冠婚葬祭の折に祝いの品や悔みの品を届ける。依田の隠居が亡くなったときには、新五郎が線香を上げに行った。屋敷の場所は分かっている。

両開き門で、二百五十坪ほどの敷地だった。質素に暮らしているが、うらぶれてはいない。門や建物の修理はきちんとなされていた。

新五郎は、その門前に立った。門扉を叩こうとしたとき、内側に足音がした。待っていると、軋み音を立てて門扉が開かれた。

「これは、依田様」

手にある提灯が、見覚えのある顔を照らした。ちょうど外出をするところらしかった。

「な、何か用か」

ごく微か、慌てた気配をうかがわせた。

「ちと、お話がありまして」

「そうか。だがこれから出かけるところだ。用ならば、明日以降にしてもらおう」

依田は迷惑そうに言った。気が急《せ》いている様子だ。それで新五郎は、これから賭場へ行くつもりなのだと察した。

「いや、今お話をしとう存じます」

「何を言うか。出かけると言ったではないか」

普段は温厚な依田だが、苛立《いらだ》ちを見せた。押しのけはしないが、新五郎を避《よ》けて歩き出そうとした。

「お待ちください。お出でになる先は、小松原様のお屋敷ですね。行けば懐の十両がなくなるだけでございますよ」

はっきりと言った。自信があって口にしている。

それで依田は歩き出すのを止《や》めた。振り返った顔には明らかな苛立ちがあったが、それで小松原屋敷へ行くつもりだったのは間違いないと確信した。

「なぜ、そのようなことを」

「十両をお借りになったのは、高利貸しの泰造から聞きました。その直前には、高田屋から五両を借り出しておいでになります。賭場でもなければ、それほど乱暴な使い方はなさいますまい」

「金は、すぐに返すつもりだ。それができる目当てがあるから、借りたのだ」

「いえ、返せません。あの賭場には、いかさまがあるとも聞いております。もしそうならば、十両は巻き上げられて終わりです。前にもそういうことがありましたので、お話をしに参ったのです」

「馬鹿な。その方には、関わりがないではないか」

依田は鼻で笑った。そしてまた歩き出そうとした。新五郎と問答するつもりはなさそうだった。

だがこのとき、女が姿を現した。妻女の津根である。

「旦那さま。髙田屋どののお話を、お聞きになってくださいまし」

と告げた。悲鳴のような声にも聞こえた。二人のやり取りを、耳にしていた様子だった。

それで依田の肩から、力が抜けた。ふうと息を吐いている。半之助は妻女を無視して、強引にことを運ぶ質《たち》ではないらしかった。

「お金を借りたのは、まことでございますか」

「いかにも。しかし長く借りるつもりはない。そなたに迷惑をかけるつもりもなかった」

「ともかく、中にお入りいただきましょう」

津根は言った。依田は逆らわなかった。賭場へ行くのは、あきらめたらしかった。

新五郎はここで初めて、一息ついた。

玄関先に通された。式台の横に、大きな水の入った桶《おけ》が置いてあった。水草が浮いている。津根が行灯《あんどん》の明かりを持ってきたので、桶の中で金魚が飼われているのに気がついた。

そういえば依田は、金魚の世話が道楽だと聞いたのを思い出した。

上がり框《がまち》に、新五郎は腰を下ろした。依田と向かい合う。津根が、そのまま脇に腰を下ろした。

「海野六兵衛様をご存知でございましょう。あの方は、お旗本小松原様の賭場で大きな損をなさいました。ついには株を売らねばならない破目に陥っております」

「まあ。そのようなことが、ありましたか」

津根は、驚きの声を上げた。御徒の者でも、組が違えば親しくしているわけではない。依田は苦々しい顔で聞いていた。

「あれは、運が悪かった。わしは、あのようにはならぬ」

かろうじてそれだけ応じた。

新五郎は海野に会ったこと、そして小松原家の賭場について聞いた話を伝えた。

「初めは面白いように、依田様が口にした賽の目が出たのではございませんか。それが近頃は急に出なくなった。それで髙田屋や泰造から借入れをなさろうとした。いかがでございますか」

「ま、まあそうだ」

顔を歪めた。思い当たることが、あったのかもしれない。

「もう、おやめくださいまし。すでに失った金子は、仕方がありませぬ。少しずつ返しましょう」

「それがよいと、存じます。泰造の分は、明日にもお返しくださいまし。今ならば、利息もさして嵩まないはずです」

津根の言葉を受けて、新五郎も告げた。

依田はしばらくの間、憮然《ぶぜん》とした顔つきだったが頷《うなず》いた。

「分かった。そういたそう」

「まことですか。ならば、何よりでございます」

津根はほっとした顔になった。依田はかなり渋ると考えていたようだ。

そして新五郎も、こんなにあっさりあきらめるとは予想もしていなかった。海野の話は現実的ではあったが、博奕に魅せられた者は簡単に抜けられないと聞いている。

そういう意味では、物分かりが良すぎると感じたのだ。

けれどもせっかく口にした言葉を、疑うような真似《まね》はできなかった。ようは泰造から借りた高利の金を返しさえすればよいのだと考えた。

金がなければ、賭場へは行けない。泰造には今度会ったとき、依田には金を貸すなと耳打ちをしておくことにした。

このとき、ばしゃりと小さな水音が立った。脇にある桶からで、金魚が跳ねたのだと気がついた。

用が済めば、長居をするつもりはない。立ち上がったところで、桶の中に目をやった。桶の底までは見えないが、行灯の明かりだけでも何匹かの金魚の姿がうかがえた。尾びれを揺らして泳いでいる。

「大きいですね」

夏になると、振り売りの金魚屋が天秤棒《てんびんぼう》を荷《にな》ってやって来る。そこで売られるものよりも色鮮やかで、大ぶりに見えた。赤や赤白斑《まだら》のものなど様々だ。

「依田様がお育てなのですね」

新五郎は讃嘆の声を出した。

「いかにも。これからは寒くなるゆえ、気をつけねばならぬ。金魚はな、春の産卵のために、じっと身をひそめて眠りに入る。一度冬を過ごした金魚は、驚くほど丈夫になるぞ」

依田も桶の傍に寄ってきて、中に目をやりながら言った。博奕の話をしているときとは打って変わった、のびのびとした表情になっていた。

「お好きなのですね」

「うむ。子どもの頃から、いろいろやっておる」

新五郎は、金魚になど興味はなかった。しかし江戸市中には、金魚好きは少なからずいる。変わった品種を求めて、あれこれ買い集めている好事家もいた。新五郎の身近な縁戚《えんせき》にも、そういう者がいた。

「金魚はなかなかに敏感な生き物でな。病になると、すぐに体に出る」

「ほう。ではご覧になっただけで、お分かりになるわけですね」

「もちろんだ。尾を垂らして元気がなければ、おやと気がつく。それに鱗《うろこ》の色艶《いろつや》やぬめり具合を見れば一目瞭然《いちもくりようぜん》だ」

博奕になど気を奪われず、金魚に心惹《ひ》かれていれば、依田家は安泰だ。上手に育てれば、新たな実入りにもなるのではないかと新五郎は考えた。

「どうぞこちらで、気を紛らわしてくださいまし」

新五郎が言うと、依田は一瞬困惑の色を顔に浮かべた。

七

新五郎の母お邑の兄は大谷屋《おおたにや》という札差で、蔵前通りに重厚な店を構えている。その女房お菊《きく》は、大の金魚好きだった。庭に池を作り、そこで高価な金魚を求めて飼っていた。

「どうだい。見事だろう」

遊びに行くと、伯母はよくそう言った。一緒に餌《えさ》をやったこともある。依田屋敷を訪ねた二日後、父の使いで大谷屋を訪ねた。そのついでに、奥の部屋へ行ってお菊に金魚を見せてくれと頼んだ。

「ほう。珍しいじゃないか」

それでも伯母は喜んで、池までついてきた。金魚好きは、今も変わらない様子だ。

「だいぶ水が冷たくなって、金魚の動きもにぶくなった。それでもずいぶん綺麗《きれい》だろ。ここにあるのは、金魚の振り売りが扱う品ではないから、ちょいとしたものばかりが泳いでいるんだよ」

お菊は自慢そうに言った。なるほど依田のところで見たものよりも尾びれの大きい立派な金魚が泳いでいた。

「かけ合せて、新しい金魚を作ろうとする人もいる。いいのができると高い値で売れるからね。お武家の中には、それで稼いでいる人もいるくらいさ」

「珍しいもの好きというわけですね」

「そうだよ。昔は見て楽しむだけでなく、お殿様の毒見用にも使われた。だからお屋敷ではけっこう飼われていたわけさ。でもね、町家じゃあ、そんなことはしない。綺麗なものを見せあって自慢をする。だから金に糸目をつけず欲しいという者が出てくるわけでね」

それは小鳥や花も同じだと思われた。見た目が可憐《かれん》で美しい声でなく小鳥は珍重される。九月の重陽の節句には、高値のついた菊の鉢植えが現れた。金魚もそれらと同じようなものだと推量できた。

「おもしろいものを、見せてあげよう」

お菊は手招きをした。

縁側から建物の中に入った。庭が見渡せる十畳間だ。

「おおこれは」

床の間に目をやって、新五郎は感嘆の声を上げた。ビードロの金魚鉢が置かれて、そのなかで赤白の金魚が二匹泳いでいたからである。

「こんなもの、どこの家にもないよ。金魚は鉢や桶に入っていて上から見るものだと思われているけどね、これだと横からも見られる。どうだい、すごいだろう」

嬉《うれ》しそうに言った。確かに桶や陶器の鉢では、上から眺めるしかない。それがあたりまえだと思っていたが、金魚をこんなふうに見ることがあろうとは思いもよらなかった。

「いや、様子が変わりますな」

金魚の楽しみ方が増えた。

「しかしこれは、お高かったでしょうな」

「それはね。着物を一枚、買うのを止めたくらいだからね」

にっと笑った。

そして違い棚から、一冊の書物を取り出した。新五郎は受け取って、表紙の文字に目を走らせた。『金魚養玩草《きんぎょそだてぐさ》』と書名が記されている。

「金魚の育て方の指南書だよ」

「さようですか」

ぱらぱらめくってみた。金魚の絵入りで何か細かく書いてあった。

好事家とはこういうものかと仰天した。自分には知らない世界があるのだと教えられた。ただそうならば、依田は博奕などには目も向けずのめり込んでゆける世界があるではないかとも考えた。

「いや、ありがとうございました」

充分に、参考になる話を聞けた。これで引き上げようとしたとき、お菊は思いがけないことを口にした。

「その後お鶴がどうしているか、あんた知っているかい」

「い、いや」

毎月徳恩寺で会っているとは話しにくい。何を言い出すのかと、次の言葉を待った。

「お鶴は、誰かの囲われ者にでもなったのかね」

「ええっ。ど、どうして」

これはビードロの金魚鉢よりも驚いた。つい先日徳恩寺で会ったが、そんな話はしていなかった。小商いを始めるから、落ち着いたら訪ねて来いと言われただけだった。

囲われ者になったとしたら、訪ねて来いなどと口にするわけがなかった。

「うちの番頭が、神田富松《とみまつ》町で見かけたって言うものだからね」

つい昨日のことだそうな。神田川河岸の道を歩いて、富松町に通りかかった。そこでお鶴が、どう見ても隠居所か妾宅《しょうたく》としか思えない瀟洒《しょうしゃ》な一軒家へ、まるで我が家のように入ってゆく姿を目にしたというのだった。

「お鶴の顔ならば、何度も見ている。間違えるわけがない、というわけでね」

「何かを商う店ではないのですか」

「妾宅で、ものなんか売るわけがないじゃないか」

一笑された。黒板塀《くろいたべい》で、見越しの松が枝ぶりも良く通りからうかがえるとか。

「おかしいな」

大谷屋の番頭ならば、何度も髙田屋へ顔出しをしているからお鶴を知っているのは明らかだ。しかしお菊の言葉に、納得はいかない。

「実家の都築家は、お金には窮しているからね」

さもありなん、といった口調で言っている。

確かに都築家は、金に窮したことがあった。そのためにお鶴は望まぬ家へ一度嫁いでいる。しかし今は違う。都築家の当主貞右衛門には刀の柄巻についての腕があって、それでかなりの金子が得られるようになっていた。お鶴が囲われ者にならなくてはならない理由はない。

ただ納得はしないにしても、気にはなった。

「確かめたわけじゃあないからさ、本当のところは分からないけど」

髙田屋とは縁が切れた者である。お菊にしてみれば、深く気にしたわけではなさそうだった。噂話といった気配である。

「それでは、私はこれで」

金魚を見せてもらった礼を言って、新五郎は大谷屋を辞した。

ただこれで髙田屋に帰る気にはならなかった。富松町ならば、そう遠いわけではない。自分の目で確かめてみることにした。

新五郎は店の者に見つかるとまずいので、蔵前通りを使わないで神田川を南に渡り富松町へ行った。そういう家がないかと注意して見てゆくと、なるほど一軒だけあった。黒板塀も見越しの松も、手入れが行き届いている。

隠居所とも妾宅とも見受けられる建物だった。

「もしここに住んでいるならば、商いはどうしているのか」

やはり腑《ふ》に落ちない。そこで一軒置いた先に小さな糸屋があったので、そこにいた中年の主人らしい男に問いかけた。

「そこの黒板塀に新しく入った人は、お鶴さんという人ですか」

「ええ、そう言って挨拶《あいさつ》に来ましたよ。二、三日前でした。おきれいな方でしたね」

と主人は応えた。

囲われ者ですか、と聞こうとしてさすがにそれは憚《はばか》られた。「そうです」と応えられるのも怖かった。

「あの家は、いったいどなたのものなのですか」

「伊勢屋四郎兵衛《いせやしろべえ》という方のものですよ。日本橋本町の大店のご主人です」

「では別宅というわけですか」

「さあ、詳しくは存じません」

主人は、意味ありげな笑いを口元に浮かべた。

伊勢屋という屋号は、よく耳にする。『伊勢屋稲荷に犬の糞《くそ》』とは、江戸に多くあるということで例えにする言葉だ。

ただ新五郎にしてみれば、どこかで聞いた記憶がある屋号ではあった。札差仲間の中にも、この屋号の店があった。伊勢屋まで行って聞いてこようかとも思ったが、やめにした。

後になってお鶴が知ったら、どう考えるだろうかと予想したからである。

釈然としない気持ちを残して、新五郎は髙田屋へ戻るしかなかった。

八

十月も五日になった。新五郎は上野広小路にある米屋へ所用があって出かけた。迫ってきた切米やお鶴のことも頭にあったが、依田がその後どう暮らしているかについても気になっていた。

一度博奕に魅入られてしまった者が、そう容易《たやす》く縁を切ることはできないという話はよく聞く。泰造にいったん返金をしても、また他から借りてしまえば取り返しがつかない。

また新五郎は、泰造にもう依田には金を貸すなと釘《くぎ》を刺すことがまだできないでいた。切米直前の繁多な時期で、身動きもままならなかったのである。

上野広小路の用が思いがけず早く済んだので、依田の様子を見に行こうと新五郎は考えた。上野のお山の森も、紅葉して燃えたように見える。昼前の風が、落ち葉を舞わせて足元に絡みつかせた。

初冬の空が、どこまでも青い。小春日和の一日だった。

依田家の木戸門近くまで行くと、子どもの声が聞こえた。依田の子どもたちである。

十二歳の娘と八歳になる倅《せがれ》がいると聞いていた。

何をしているのかと、門から中を覗くと依田の姿も見えた。三人で金魚の桶の水替えをしているところだった。

「おい、そっとやれよ。金魚は弱い生き物だからな。驚かせると、それだけで体を弱らせるぞ」

「はい」

依田の言葉を聞いて、倅が網で水を張った桶に赤い金魚を移している。真剣な顔つきで、いかにも壊れ物を扱っているといった手つきをしていた。

網の上で、金魚が跳ねている。移し終えると、倅はほっとした顔になった。

「次は、私が」

もっとやりたそうな弟から、姉が網を取り上げた。

「順番だぞ」

不満そうな顔をしている倅に、依田は声をかけた。子どもたちの姿を、目を細めて見詰めている。

「これはこれは、髙田屋どの」

最初に新五郎に気づいたのは、津根だった。建物の横手から姿を現した。

子どもたちが手を止めたのを見て、そのまま続けてくれと新五郎は言った。父子三人の楽しげな様子を見ていると、こちらも気持ちが弾んできた。

「あれから、いかがお過ごしですか」

傍に寄ってきた津根に、新五郎は問いかけた。

「お陰さまで、夜に出歩くことはなくなりました。非番の折は、ああして子どもたちと金魚の世話をしております」

口元に笑みが浮かんでいる。その表情が、口にした言葉がその通りであることを伝えていた。

「それは何よりでございますね」

新五郎も、自分の口元がほころんだのが分かった。

津根の言葉を聞き父子の様子を見れば、もう依田家へ来た用事は済んでいた。お茶でも飲んでいってくれと誘われたが、これで引き上げた。

翌日は朝のうち、本郷《ほんごう》の出羽屋《でわや》という米問屋へ行った。それで帰り道に、少し遠回りだが依田屋敷の前を通ることにした。すると依田の姿は見えなかったが、倅が門の内側で木刀を手に素振りをしていた。

目が合って新五郎が頭を下げると、少年は思い出したらしかった。額の汗を袖《そで》で拭き、にこりと笑顔を向けてきた。父上は、お城へ上がっていると言った。

「今日も、金魚の世話をなさったのですか」

「いたしました。父上に、いろいろ教えてもらいました」

「それはよろしゅうございましたね」

長話はしない。依田がこのまま博奕から離れられれば何よりだ。

大安心をしたわけではないが、足取りは軽かった。そして蔵前通りに出たところで、思いがけない顔を見かけた。高利貸しの泰造である。

ずんぐりとした体つきは、すぐに目についた。

「ちと、話したいことがあります」

新五郎は声をかけ、広い通りの道端へ寄らせた。荷車が、音を立てて行き過ぎて行った。

「へい。何でしょう」

泰造は、狡《ずる》そうな目を向けてきた。

「依田様に貸した金は、返されたと思います。でもまた借りたいと言ってくるかもしれません。そのときは、突っぱねてほしいんですよ」

ともあれ用向きを伝えた。しかし泰造は、不審な顔をした。

「何をおっしゃいますか、若旦那。お貸しした十両は、まだ返していただいていませんよ」

「ええっ」

これまでどこか弾んでいた気持ちが、一気に醒《さ》めた。泰造は、嘘《うそ》は言っていない。嘘を口にする必要がないからだ。

依田は子どもたちと金魚の世話をし、楽し気に暮らしていても、賭場に顔を出すことはあきらめていないのだと新五郎は悟った。一度博奕にはまった者は、簡単には抜け出せない。その気持ちが胸の奥にあるから、泰造の言葉は胸に響いた。

「何ということだ」

津根はすっかり安心している。その顔を日々目にしていながら、依田は賭場通いを企んでいた。

「それにしても」

と、新五郎はここで首を捻《ひね》った。昨日の、子どもと金魚の水替えをしていた依田の笑顔は、作り物ではないと感じるのである。

「あれは心の底から、子どもたちと金魚の世話を楽しんでいた」

胸の内で、そんな呟きが出た。

「どうしたんですか、若旦那」

物思いに耽っていると、泰造が声をかけてきた。

「いや、よく教えてくれました。では、もし返して来たら、次は貸さないようにしてください」

新五郎はそれだけ言って、泰造から離れた。もう一度依田屋敷へ行こうかとも考えたが、髙田屋には用事が待ち受けている。店が閉じてから行くことにした。

その昼過ぎ、門伝が髙田屋を訪ねてきた。今日は、非番だそうな。

「忙しそうだから、用件だけ伝えるぞ」

門伝は、小松原采女についてさらに調べて分かったことを伝えに来てくれたのである。

「これはありがたい」

依田の隠し事が明らかになったばかりだったから、話を聞けるのは都合が良かった。博奕は止めろと口で言うだけでは、あの男には通じない。どうするかを決める、参考になればと考えた。

「前に小松原という旗本は、千百石の家禄でありながら五百石高の御小納戸衆をやらされていることに不満を持っていると話したが覚えているか」

「はい」

しかし望んでも、容易く望みが叶《かな》うわけでないのは、身分の上下に関わりがないと聞いていた。だからこそ、猟官のために金がかかる。

「それがな、目の前に餌がぶら下がっているらしい。というのは、千石高のお役目に御使番というものがあるが、それに空ができることが明らかになっているそうだ」

「なるほど、狙っているわけですね」

「御使番になれば、さらなる出世の糸口が摑《つか》める。小松原にしてみれば、垂涎《すいぜん》の的なのであろうな」

「そのためには金がいる。中間部屋の博奕は、好都合というわけですね」

「いかさまも、当然あるだろうな。寺銭だけでは、面白みがない。たっぷり儲けるためには、それが手っ取り早いからな」

「では、依田様の他にも狙われている者がいますね」

「博奕に手を出しのめり込むのは、それに嵌《はま》った者にも責がないとはいえない。しかしだからといって、いかさまをしてもいいわけではないからな」

ふうと、門伝はため息を吐いた。そして続けた。

「小松原というのは、しつこい質だそうだ。狙った獲物は逃がさない。逃げようとしても、追いかけるかもしれぬぞ」

「やめようと思っても、誘いの手を差し伸べてくるわけですね」

依田も、やめようとしたのかもしれない。しかし巧みに誘われて、その気になったというのは、あるかもしれなかった。賽の目が当たり続けたときの快感は、体が覚えているに違いない。

門伝が引き上げた後、新五郎は小僧を使って幸助を呼び出した。本所横網町の海野六兵衛のところへ、小松原屋敷の賭場がいつ開かれるかを聞きに行かせるためである。

「へい。すぐに行ってきます」

一刻もしないところで、幸助は戻ってきた。息を切らせていた。走って行ってきたのである。

「毎月、一と六のつく日にやるそうです」

「すると、今日ではないか」

幸助の言葉を聞いて、新五郎は仰天した。泰造から借りた十両は、今夜にも失われる虞が出てきた。

九

高田屋にとって十両という金高は、店の屋台骨を揺るがすものではない。損失ではあっても、くしゃみが一つ出る程度のものである。先の棄捐令《きえんれい》では、桁が三つも違う大損害を被った。

けれども依田家にしてみれば、家運を左右する大事件であるのは明らかだった。そのままにはできない。

切米の直前だから手が回らなかった、などというのは言い訳に過ぎないと新五郎は考える。兄惣太郎ならば、必ずやそれなりの手を打つはずである。

「ちょっと、本郷の出羽屋さんに確かめておきたいことができました。これから出かけてきます」

新五郎は、平之助に嘘をついた。心の臓にちくりとした痛みがあったが、本当の話をしたら聞き入れてもらえないと判断していた。

「それは、依田様のご事情ではありませんか」

と言われるのは目に見えている。ここは何があっても、店を出るつもりだった。

「分かりました。では行ってきてください」

平之助は、あっさりそう言った。若旦那になったばかりの頃ならば、そう簡単に応じなかったかもしれない。しかし近頃は、微妙に物言いも柔らかくなってきていた。それに乗じたのである。

若干の心苦しさを感じながら、新五郎は一人で髙田屋を出た。しかし通りに出れば、それも忘れてしまった。

まだ夕暮れどきには間がある。それでも気持ちが急いた。

昼前に依田屋敷に行ったときには倅がいて、木刀で素振りをしていた。依田は登城しているとのことだったから、今は戻ってきていると考えた。それならば引き止めなくてはならない。まだ下城していないなら、戻るまで待つつもりでいた。

あの金を遣わせてはならないという気持ちである。

「ごめんなさいまし」

依田屋敷の門を、新五郎は叩いた。

「夫は、今夜は帰りが遅くなると話していました」

至急に会いたいと告げると、津根はそう応えた。

「ば、博奕ですか」

どぎまぎして問いかけた。

「いえ、そうではありません。御徒頭の橋本末左衛門《はしもとすえざえもん》さまのお屋敷へ呼ばれて、お酒を飲むと話しておりました」

津根は案じる様子もなくそう言った。お役目は、今日の七つ（午後四時頃）に終わり、そのまま上司である橋本の屋敷へ向かうと話したとか。

「それは、まことでしょうか」

自分でも、疑う口調になっているのがよく分かった。津根の顔が、はっとした様子になった。

「何か、あったのですね」

きりりとした眼差《まなざ》しを向けてきた。

「依田様は高利貸しの泰造に、十両を返していませんでした」

「まあ」

両の目の縁が、ぴくりと震えたのが分かった。それで新五郎の来意を察したらしかった。

「そ、そういえば」

思い当たる何かがあったらしかった。言葉を続けた。

「高田屋どのが前にお出でになった翌日に、向原さまという方が訪ねておいでになりました。初めて見るお顔で、四半刻近く外で話をしていました」

「それは、小松原家の中小姓です。賭場で胴元をしています。誘いに来たのに違いありません。そして今夜には、小松原屋敷で賭場が開かれます」

津根の顔が歪んだ。けれども泣いたわけではなかった。歯を食い縛ったのである。

「何としても、止めていただけますでしょうか」

必死の眼差しを向けてから、津根は頭を下げた。

「まずは御徒頭様のお屋敷で、そのようなお酒を飲む宴があるのかどうか確かめてみます」

橋本末左衛門の屋敷の場所を聞いた。御徒頭の役高は千石である。ご大身といっていい。

「湯島天神下でございます」

これを聞いて、新五郎は湯島へ向かった。刻限からすれば、依田はそろそろ下城をする刻限になっている。ならば橋本屋敷で話を聞く方が手っ取り早そうだった。本当に酒宴があるならば、門前で待ち確かめれば済む。

いくつかの辻《つじ》番所で聞いて、橋本屋敷の前に出た。さすがに千石取りの屋敷は大きかった。間口三十間、千坪近くありそうな敷地だった。門番所付の長屋門である。

「お尋ねいたします」

新五郎は、門番所の中に声をかけた。

「何だ」

突く棒を手にした若い門番が姿を現した。新五郎は素早く、多めの小銭を入れたおひねりを握らせた。

「今日は夕刻から、組頭の依田様が呼ばれていると聞きましたが、まことでしょうか」

「いや、そんな話は聞いておらぬぞ」

門番は首を横に振った。来客があるのが事前に分かっていれば、知らせがあると言い足した。それがない以上は、組頭の訪問はないと言い切った。

その返答には驚かない。そんなことだろうと、初めから思っていた。

「ならばどうするか」

新五郎が思案したのはそこである。依田は自分の屋敷には戻らない。どこにいるかは見当もつかなかった。小松原屋敷前で現れるのを待つ手もないわけではないが、それにはまだかなりの間がある。

　それで新五郎は、両国広小路の羽衣屋天祐のところへ行くことにした。一人よりは助っ人がいた方がありがたい。幸助に助勢を頼もうと考えた。ついでに羽衣屋天祐の意見も聞いてみるつもりだ。

　日差しは西空に傾き始めている。見世物興行は、そろそろ終わりになる頃だった。

「へい。新五郎さんのご用なら、いくらだってお役に立ちますぜ」

　幸助は言った。天祐には、さらにこれまでの事情を伝えた。

「だったら依田ってえお侍を今夜捕まえても、それだけじゃあまた次のときに、どこかから金を借りて賭場へ駆け込みますぜ」

　天祐の言葉は、新五郎の悩みの中心を捉《とら》えていた。

「では、どうしたらいいでしょうか」

「そうさね。ならば依田をどうこうする前に、壺振りを捕まえてみたらどうですかね」

　と言った。意味を摑みかねていると、天祐は続けた。

「いかさまをする壺振りというのは、その賽子をいつも肌身離さずに持っているもんですぜ。やつらにしたら命と同じくらい大事ですからね。そいつを奪ってしまうんです。賽子の仕組みを見せてやれば、阿呆《あほう》ではない限り、やり口の汚さに気づくんじゃないですか」

天祐は、裏社会の者とも通じている。納得のゆく助言だった。

「ならば、そうしましょう」

新五郎は頷いた。

十

「まずは上野広小路の讃岐屋玄蔵のところへ行ってみよう」

新五郎は、並んで歩く幸助に言った。西空の日差しが、やや黄色味を帯びてきた。

渡り者の兼造は、地回り玄蔵の家に転がり込んでいる。ここからいくつかの賭場へ出向いて、壺を振っていた。年の頃は三十代後半だとか。しかし分かっているのは、それだけだった。

御家人株を手放した海野から、幸助が聞いただけの話である。顔を見たわけではなかった。

御成《おなり》街道は上野新黒門町《しんくろもんちょう》から北へ道幅が広くなっている。両側には名物名産や食い物を商う店が櫛比《しっぴ》していた。露店も店を出し、大道芸人が声を上げていた。いつものことだが、人で賑《にぎ》わっている。両国広小路と並ぶ、江戸でも指折りの繁華街の一つだった。

さらに北へ行くと、忍川《しのぶ》に三橋が架かっている。

「玄蔵について、少し聞いてきます」

広場に入ったところで、幸助は露店で飴《あめ》を売っている初老の男に近づいて行った。

下手に出た様子で少し話をしてから、新五郎のところへ戻ってきた。

「玄蔵は、そこの横道を入った上野町二丁目に住まいがあるそうです。地回りですが、表稼業としては口入屋をしているそうです」

旗本屋敷に、渡り者の中間や若党を斡旋《あっせん》している。ついでに壺振りも、ということらしかった。

横道へ入ると、人通りは一気に減る。それでも小店が、しもた屋に交じって商いをしていた。讃岐屋は誰かに聞くまでもなく、すぐに分かった。木看板が出ているだけでなく、見るからにやくざ者といった気配の若い衆が、数人戸口のところでたむろしていた。

「今夜賭場へ行くにしても、まだ讃岐屋にいるんじゃないですかね。出てくるのを待ってもいいですが、呼び出した方が早そうですぜ」

幸助は言った。やくざ者を怖れてはいない。両国広小路でも、そういった類《たぐい》の者と、平気で渡り合っていた。

「そうだな。ではそうしよう」

新五郎が応じると、幸助は若い衆のところへ近づいて行った。

「こちらに草鞋を脱いでおいでになる、兼造さんにお目にかかりてえんですがね。呼んでいただけやすかい」

と声をかけた。気軽な口調だった。

「あんた、何もんだい」

顔を向けた男も、気張らずに言った。

「旅の途中でお世話になった、けちな者ですよ。留吉《とめきち》っていいやす」

どこにでもありそうな、適当な名を口にしていた。

「あの人ならば、つい先ほど出かけたぜ」

「どこへ行かれたんですかい」

「行き先は分からねえが、若い旅の渡世人が訪ねてきた。それで出て行ったんだ」

「へえ。でも行っていそうなところは、分かりやすかい」

幸助は、食い下がった。なかなかしぶといところがある。

「おおかたそのへんの居酒屋じゃねえか。そろそろ店を開ける頃だからな」

という言葉を聞いて、幸吉は男たちから離れた。

若い衆が指差したあたりは表通りではない。裏通りの先に居酒屋ふうの店があったので、そこへ行ってみた。すでに暖簾《のれん》が掛かっている。しかしそこでは、職人ふうの初老の客二人が酒を飲んでいるだけだった。

女中が手持ち無沙汰《ぶさた》な様子で立っている。幸助が声をかけた。

「ちょいと聞きたいが、少し前に讃岐屋にいる兼造さんを見かけなかったかい」

「そういえば、見かけました。長脇差《ながわきざし》を差した旅姿の渡世人と一緒でした。あっちへ歩いて行きましたよ」

店の外に出て、指差しをした。

それでその方向へ行ってみた。少し歩くと、小さな稲荷が現れた。その境内に、二人の男の姿があった。

三十代後半のやくざふうの男と、長脇差を差した若い渡世人だった。旅で知り合った者らしい。

「あれだな」

と新五郎は呟いた。

声は聞こえないが、何か話をしている。ともあれ探し出せたようだ。離れたところにいて、話が終わるのを待った。

二人の話は、長くはかからなかった。長脇差の男が先に境内から出て行った。足早に立ち去って行く。

もう一人の男も、鳥居をくぐって境内から出てきた。

「あんた、兼造さんだね」

その背中に、新五郎は声をかけた。

「いかにもそうだが、何か用ですかい」

兼造は値踏みをするように、新五郎の頭から爪先《つまさき》までを舐《な》めるような目で見た。卑しげな眼差しだと感じた。

「これから、小松原様のお屋敷へ行くところですね。今夜も、いかさまの壺を開けるわけですか」

「何だと」

一気に眼差しが厳しくなった。

「もう何人の客を、騙《だま》しましたかね。もういい加減に、おやめになったらいい」

「ふざけるな。いい加減なことを抜かしやがると、ただじゃあ済まねえぞ」

身構えている。懐に手を突っ込んだ。懐にある匕首《あいくち》を、抜こうという腹らしかった。

「いい加減ではない。あんたの振る壺で、騙された者から聞いて来たんだ」

「ふん。いってえ、おれに何の用だ」

こちらの話など、聞くつもりはない。返答によっては、ただでは済まさない。そういう気持ちらしかった。

「おまえは、懐にいかさまの賽子を持っているはずだ。今夜使うつもりのな。それを出してほしいのだよ」

「ふざけるな」

顔が怒りに歪んだ。図星を指されたと感じたのかもしれない。

差し込んでいた懐から手を抜いた。握っていたのは賽子ではなく、匕首だった。

「このやろっ」

一呼吸する間もなく、突き込んできた。さすがに身一つで街道を渡り歩くやくざ者だ。無駄のない動きに見えた。

ほぼ同時に、新五郎も前に出ている。やや身を斜めにしてかわし、その腕を摑もうとした。だがそれはできない。逃げられていた。

そして次の瞬間、耳のすぐ横へ刃先が飛んできていた。動きが止まらない。

「やっ」

その肘《ひじ》を腕で撥ね上げながら、足で出てきた相手の膝の内側を突いた。瞬間、体がぐらついたのが分かった。腕を抑え込もうとしたが、その前に匕首を握った右腕が横に払われた。

前に出ることができず、新五郎は後ろへ下がるしかなかった。こちらは素手だから、刃先をじかに受けるわけにはいかない。

しかし相手の動きは大きく、体の均衡は保てなくなっていた。その利き足を、低いところで蹴《け》った。同時に返そうとしている匕首を握った手首を、握り込んだ。これも横に引いていた。

「わっ」

兼造の体には勢いもついていたから、そのまま前に倒れ込んだ。新五郎は覆いかぶさるように体に跨り、握っていた腕を捩《ね》じり上げた。このときには、匕首は手から飛んで地べたに落ちている。

「懐を探れっ」

「へい」

命じられるまでもなく、幸助は傍まで寄ってきていた。懐に手を突っ込んだ。

「ありやしたぜ」

引き抜いた手には、小袋が握られていた。開くと中から賽子が二つ出てきた。一見しただけでは分からないが、いかさまの賽子だろうと新五郎は見当をつけた。

「か、返しやがれ。泥棒め」

身動きできない状態ながら、兼造は毒づいた。

「うるさい。賽子は動かぬ証拠だ。これから博奕で損をした者のところへ連れてゆくぞ」

縛りあげようとしたところで、近くで女の悲鳴が上がった。

「ど、泥棒っ」

声のした先に目をやると、中年の女が怯《おび》えた顔でこちらを見ていた。二人がかりで、一人を襲ったと勘違いしているらしかった。

「な、何だ」

人の足音も聞こえた。近づいてくる。

このとき、兼造の腕を握っていた新五郎の手から力が抜けていた。体にも力が入っていなかった。

「やっ」

兼造は、渾身《こんしん》の力を発揮したのに違いない。新五郎の体が、地べたに転がされていた。

気がつくと兼造は立ち上がり、道を女がいるのとは反対の方向に駆け出してゆく。脱兎《だっと》のような足運びだった。

「くそっ」

新五郎も立ち上がる。しかし何人かの男が駆け寄ってくる気配も感じた。捕まれば、事情を説明するのに手間がかかるかもしれない。

「逃げるぞ」

幸助に声をかけると、新五郎も兼造が駆けて行った方向へ足を向けた。全力で走ったのである。幸助もついてくる。

追ってくる気配もあったが、角をいくつか曲がるとその気配もなくなった。

「危ないところでしたね」

幸助がにやりと笑った。奪った賽子の入った小袋を、新五郎に手渡してよこした。

これが手に入っただけでも、よしとすべきかもしれなかった。

十一

賭場が始まる暮れ六つには、まだ少し間があった。しかし西空の日差しは、濃い黄色になり、朱色を帯び始めていた。道端には、薄闇が這《は》い始めている。

「まだ早いが、念のため小松原屋敷の近くへ行っておこうか」

「そうですね。万一早めに行かれたら、捕まえそこないますからね」

新五郎の言葉に、幸助が頷いた。

賽子を奪われても、兼造は賭場へ行くはずだった。やると決めたいかさまならば、違う手立てで行うだろう。

神田明神裏の小松原屋敷は、ここから遠い場所ではない。

武家地に入ると、北風が落ち葉を載せて吹き抜けた。夕暮れ時になると、冷たさが増してくる。

小松原屋敷の裏門を望める場所に、辻番小屋があった。薄汚れた褞袍《どてら》を着込んだ老人が、小さな火鉢に手をかざしていた。

「すみませんね。少しの間、ここにいさせていただけませんか」

新五郎はそう言ってから、五匁銀を手渡した。かなり奮発している。博奕の客を、表門から入れるとは考えられない。だとすれば、他に怪しまれることなく裏門を見張れる場所はなかった。

「ああ、いいよ」

番人の爺《じい》さんは、握らされた金子に満足したらしかった。

「兼造は、もう屋敷に入っているのでしょうか」

姿を現す気配がないので、幸助が言った。道端の薄闇は、徐々に濃くなってゆく。西空の夕日も、朱の色が鮮やかになった。

まだ客らしい者の姿も見えない。裏門は扉も潜り戸もぴくりとも動かない。小松原屋敷は、無人の砦《とりで》のようにさえ見えた。

暮れ六つの鐘が鳴った。それからしばらくして、提灯の明かりが見えた。新五郎と幸助は、息をするのさえ気にしながら、淡い明かりに照らされた男の顔を凝視した。

「違いますね」

幸助が囁《ささや》いた。腰に刀を差していない。幸助は依田の顔を知らないが、それで判断したのである。初老のお店者ふうだった。

そして続けて何人かの男が、裏門の戸を拳《こぶし》で叩いた。その中には侍もいた。潜り戸を入る直前で提灯の明かりは吹き消されるが、顔を確かめることはできた。

「まだ来ませんね」

じれた声を幸助は漏らした。

とそのとき、また足音が聞こえた。提灯の明かりが近づいてきた。

「二本差しですよ」

幸助が声を出した。生唾を呑み込んだのが分かった。そろそろ現れていいと感じるからだ。その気持ちは新五郎も同じである。

息を詰めて、その顔に目をやった。

「あれだっ」

言い終わらないうちに、辻番小屋を出た。早足に近づいてゆく。

「依田様」

近くまで行った新五郎は、抑えた口調で呼びかけた。

「ああっ」

強張った口元から漏れてきたのは、呻き声に他ならなかった。提灯の明かりが、新五郎の顔に向けられていた。

「いけませんね。お約束を破っていただいては」

丁寧に言っている。懐には、返さなかった十両が入っているはずだった。

「こ、これが最後だ。これまでの分を、必ず取り返してくるのでな」

懇願する言い方だった。何としても、失った金子を取り返したいらしかった。

「それは無理でございましょう。依田様の懐の金子は、巻き上げられる段取りになっています」

「な、何だと」

「ここにあるのは、壺振りの兼造から奪い取った賽子です。今宵の勝負のために、用意をしたのでございましょう」

新五郎は、懐から小袋を取り出して言った。そして付け足した。

「いかさまの、賽子でございます」

「まさか」

依田は、目を剝《む》いた。すぐには信じられない、といった顔だ。

「ともあれここから立ち去りましょう。この賽子の仕組みをご覧に入れます」

小袋を懐へ押し込んで、新五郎は手招きをした。依田が歩み出そうとしたところで、裏門の潜り戸が、軋み音を立てて開かれた。二十代後半といった年頃の侍と、そろそろ四十歳になろうかといった気配の中間だ。

中小姓の向原と中盆役をしている寅助だと、新五郎は推察した。向原は腰に二刀を差し込み、寅助は手に突く棒を携えていた。

「依田さん、どうぞお入りなさい。あなたのカモになる、勝負のお相手が待っていますよ。さあ、これまでの損を取り返してくださいな」

いかにも、親しみのある口調だ。しかし口元の笑みとは裏腹に、目は狡そうに光っていた。突く棒を握った寅助は、新五郎を睨みつけている。

「い、いや」

躊躇いの声を、依田は上げた。さすがに相手の気配に異様なものを感じたらしかった。

「入るには、及びません。さあ、帰りましょう」

新五郎は声をかけた。屋敷から出てきた者たちに、無理強いされるつもりはなかった。

「余計な口出しをするんじゃねえ」

ここで寅助が、突く棒の先を向けてきた。これ以上何かを言えば、このまま突くぞと目が脅していた。

「なんの」

新五郎は勢いよく前に踏み出し、突く棒の先を両手で摑んだ。渾身の力で、そのまま捩じり上げている。一瞬の間だった。

寅助は、こちらの動きを予想していなかったようだ。両足を踏ん張って、突く棒を奪われまいと全身に力を入れた。

その利き足に、新五郎は蹴りを入れた。

「わっ」

寅助の体が、横転した。地響きがあがった。

この隙《すき》に新五郎は、突く棒を奪い取っている。そしてすぐに、先端を向原の方に向けた。

向原はこのときすでに、刀を抜いていた。これに備えたのである。

「覚悟っ」

襲いかかってきた。こちらの脳天を目指して、刀身が振り下ろされてきた。新五郎はこれを撥ね上げ、さらに突く棒を向原の肩に打ち付けようとした。

話して分かる相手ではない。ならば身動きできなくさせるしかないと考えていた。

だが向原の動きは、素早かった。こちらの攻めを織り込んでいたかのように、体を横に飛ばした。その位置から、再び突き込んできたのである。

今度は切っ先が、こちらの心の臓に向けられている。兼造や寅助とは、反応の速さが桁違いだった。

新五郎は体の向きを変えて、これを突く棒でかわした。がりがりと鎬《しのぎ》がこすれる音がした。相手は離れずに押してくる。

こちらは突く棒で、丈が長い。間を開けないところで、決着をつけたいと企んでいるようだった。

だがそうはさせない。

新五郎はいったん押し返したところで、体を横へそらした。相手の力を、脇に逃がしたのである。そのまま前に踏み込み、突く棒を横に払いながら振り返った。力を込めていたから、びゅうと音が出た。

勢いがついている。さすがに相手も身を引いた。しかしこれが、新五郎の狙い目だった。

「やあっ」

払った突く棒を、角度を変えて相手に打ち下ろした。距離がある方がこちらには都合がいい。避けようと刀を上に払おうとしたときに、こちらは突く棒の向かう先を頭から肩へ変えた。

がしと、鈍い音がした。突く棒を握る手に、はっきりとした手応えがあった。鎖骨を砕いた感触である。

「うっ」

向原の体がぐらついた。とどめを刺すならばこの場面だが、新五郎にそのつもりはない。

「さあ、行きましょう」

と依田に声をかけた。

「おおっ」

茫然《ぼうぜん》としていた様子だが、これで我に返ったらしかった。幸助が腕を引くと、それに合わせて歩き始めた。新五郎もこれに倣《なら》っている。

背後から襲いかかってくるならば、迎え撃つ気持ちはあった。けれどもそれはなかった。

三人で行った先は、日本橋米沢《よねざわ》町の天祐の住まいである。ここで兼造から奪った賽子を、依田に見せる。

「なるほどね。こりゃあ見ただけじゃあ分からねえが、振ってみれば正体がすぐに分かりますぜ」

賽子を手に取った天祐は、掌で少し転がしてからそう言った。新五郎や依田が、その手元に目をやる。

「じゃあ、転がしてみます」

二つを転がすと、賽の目は四と六を上にした。そして天祐は、もう一度それを転がした。三度、四度と繰り返したが、上に出る賽の目は四と六だけだった。

「ううむ」

依田は呻き声を上げた。

「まあ、試しにご自分でもやってみたらいかがですか」

と勧められて、依田も二つの賽子を振った。何度か繰り返したが、上になった目はやはり四と六ばかりだった。

「まあ、こういう仕組みでしてね。十両を賭けた、大一番のときに使うつもりだったんじゃないですか。これならば、万に一つもはずれはありません」

天祐は賽子の一つを摑んで、それを口へ持って行った。奥歯で嚙《か》んで、二つに割ったのである。

「御覧なせえ」

差し出された賽子には、偏ったところに鉛が仕込まれていた。何度振っても、同じ目が出るように仕組まれていたのである。

「おお」

依田はしばらく声を出すことができなかった。

「壺振りは、これを隠し持っていて、いざというときに使います。胴元や中盆はどの目が出るか分かっているわけですから、客はいいようにやられますぜ」

天祐は、凄《すご》みのある声で言い終えた。

「では懐の金子は、すぐにも泰造のところへ返しに行きましょう。私がお供をいたします」

新五郎がそう言うと、依田は頷いた。

借りたのは、十日あまりのことである。それでも利息は取られるが、十両を奪われるよりははるかにましだった。

二人で浅草橋を北へ渡り、泰造の住まいへ行った。

十二

翌々日、根津《ねづ》の米屋へ行った帰り道に、新五郎は依田屋敷へ立ち寄った。今日は非番だと聞いていたので、足を向けたのである。

「ささ、どうぞお入りください」

声をかけると、依田が出てきて言った。玄関内の金魚桶の傍らには、津根や二人の子どもたちの姿もあった。

「新しい金魚を二匹、求めました。お分かりになりますかな」

依田は愉快そうな顔で言った。娘と倅が、くすくすと笑っている。

「さてどれでしょうか」

新五郎は桶の中を覗いた。

見覚えのある金魚の中に、寸詰まりで縦幅のあるずんぐりとした体形の赤と白の金魚が目についた。体だけ見るとさして美しいとはいえないが、背びれと尾びれが大きかった。尾びれが揺れると、それが広げた扇のように見えた。

体だけでなく各ひれを含めて見ると、優雅にさえ感じられた。

「あれですね」

新五郎は指差しをした。

「さよう。安永《あんえい》（一七七二〜八一）の頃に琉球《りゅうきゅう》をへて薩摩《さつま》に入った金魚でな。琉金《りゅうきん》と呼ばれておる」

「見事ですね。ずんぐりとした体ですが、羽衣をまとっているようにも見えます」

「いかにも。あのひれがさらに大きいものを、育てようと考えておる。それができれば、江戸中の評判になるであろうからな」

決意を込めた目で、依田は言った。

「丹精を込めれば、必ずできますよ」

津根が励ますように言った。子どもたちも目を輝かせている。

「過日は、世話になった。あの賽子には、畏《おそ》れ入った。あれでは騙されに行くようなものだと悟った。博奕には懲《こ》り申した」

そして依田は、話題を小松原家の賭場の話に変えた。

「もう誘いに来ても、話には乗らぬ。追い返すことにするから、案じるには及ばぬ」

晴れ晴れとした顔で告げてきた。

依田には、楽しみを分かち合える妻子がいる。金魚の新種を生み出すために、知恵を出し合えばいいと新五郎は考えた。

新種を生み出すことができれば、大きな利益になる。しかしそれができなくても、親子夫婦で関わり合えば、隠れてする博奕よりもはるかに喜びは大きいはずだった。

「いや、お邪魔をいたしました」

依田屋敷を出た新五郎は、蔵前に向かって歩き出す。一息ついた気持ちだった。温かな日差しの道を歩いてゆく。

こうなってみても、自分の胸の奥にまだわだかまりの種があることに新五郎は気づいていた。お鶴の一件である。

囲われ者になったというのは信じがたいが、あの瀟洒な家に越したのには、わけがありそうだった。商いを始めたというが、それが何なのかも見当がつかない。

神田富松町の新しいお鶴の住まいを訪ねてみたい気もするが、呼ばれもしないのに出かけて行くのは憚られる。知らせを寄越すと話していたが、新五郎は待ちきれない思いだった。

「そうだ。都築家でそれとなく聞いてみようか」

と名案が浮かんだ。実父の貞右衛門ならば、事情を知らないわけがないと考えたのである。そうなると、もう収まりが利かない。

浜町河岸《はまちょうがし》に近い都築屋敷へ、そのまま出かけた。

貞右衛門は屋敷にいて、刀の柄に糸を巻いていた。新五郎はその部屋へ通された。

「お鶴さんは、どこへ越されたので」

何も知らないふうを装って尋ねた。

「日本橋本町の伊勢屋四郎兵衛さんの隠居所を借りて、そこへ移ったのですよ」

顔に笑みを浮かべて、貞右衛門は言った。このことはすでに知っているが、持ち主の屋号と名は、どこかで聞いた気もするものの思い出せなかった。

きょとんとしている新五郎の顔を見て、貞右衛門は違う問いかけをしてきた。

「四郎兵衛に覚えがないのならば、伊勢屋春太郎《はるたろう》さんという名には覚えがありませんか」

と告げられて、それならばすぐに分かった。忘れるはずがない。

兄惣太郎は、米俵の下敷きになりかけた五歳の娘を助けて命を失った。その五歳の娘というのはお文《ふみ》という名で、日本橋本町の呉服商い伊勢屋の若旦那春太郎の子どもだった。惣太郎の葬儀の折には、春太郎夫婦だけでなく伊勢屋の主人夫婦も顔を見せた。主人は病床にあったが、それをおして葬儀にやって来た。

子どもの無事は喜んだが、引き換えに高田屋の跡取りの命が失われた。沈痛な面持ちでやって来た姿を、新五郎は記憶に留めている。

「この五月になって、病だった主人が亡くなった。春太郎さんは伊勢屋を継いで、主人になったのですよ。それで当主の名四郎兵衛を継いだのです」

それで名を思い出せなかったわけが分かった。春太郎は兄の月命日には、欠かさず徳恩寺へ行って線香を上げてくれているという話を、母から聞いていた。行く刻限が違うから、向こうで会わなかっただけである。

「伊勢屋さんでは、連れ合いを亡くしたお鶴を気遣ってくれましてな。かねがね何かの役に立てないかと、言ってきていました。前々からお鶴は、当家を出てどこかで小商いをしたいと考えていましたから、その話を四郎兵衛さんにしたのです」

四郎兵衛は、ならば先代の隠居所として建てた建物をぜひにも使ってほしいと、申し出てきた。

「住まいごとくれるという話もあったが、そうもいかない。そこで格安の家賃で住まわせてもらうことになったのでござる」

貞右衛門は言った。

「なるほど」

それならば、瀟洒な隠居所に転居できた理由に納得がいった。春太郎と名乗っていた伊勢屋の若旦那の顔を、新五郎は思い出した。

囲われ者になどなったのではないことがはっきりして、胸を撫で下ろした。

「ではどのような商いをなさるので。もう始めているのでしょうか」

これも聞いておきたいところだ。

「いや。それについては、まだ誰にも話すなと厳しく言われておる。落ち着いたらば、あなたにもお知らせするとのことでしてな。そのときには、ぜひにも訪ねてやってください。喜ぶでしょう」

どこか隠しているのを面白がっている気配があった。思いがけない商いなのかもしれないと新五郎は想像した。

「分かりました。そういたしましょう」

声掛けをされるのが、待ち遠しい気がした。

都築家を出た新五郎は、蔵前へ足を向ける。貞右衛門に会う前にあった胸のもやもやが、だいぶ晴れたのは確かだった。

第二話　闕所の品

一

　北風が、蔵前通りをびゅうと吹き抜けた。干からびた枯葉が、霜《しも》の融け始めた道を転がってゆく。がらがらと音を立ててやって来た荷車の車輪が、泥を跳ね散らして行き過ぎた。

　朝の日差しは眩《まぶ》しい。

　その日、店を開けたばかりの高田屋に、真っ先に顔を出したのは札旦那《ふだだんな》ではなかった。

「まったく、嫌な季節だね。泥で足袋《たび》が汚れてしまったよ」

　声を聞いただけで、新五郎はやって来たのが父の妹お品《しな》だと分かった。浅草黒船町《あさくさくろふねちょう》の札差大和屋《ふださしやまとや》へ嫁いでいる。実家の高田屋へは、折々顔を出した。

兄惣太郎が亡くなって新五郎が若旦那として店に出たとき、「少しこころもとない」と面と向かって言った人物である。

「今度はね、飛び切りの縁談を持ってきたんだよ。これで纏《まと》まらなければ、あんた死ぬまで一人で暮らせばいい。店には養子を取ってね」

と、またしても遠慮のないことを口にした。

父弥惣兵衛と母お邑も店にいた。さっそく奥の部屋で、四人が集まった。

「京橋山城町《きょうばしやましろちょう》の米問屋出雲屋《いずもや》の末娘で、おつなというんですよ。歳《とし》は十八で、それはもう器量よし。しかも働き者で愛想がいい。芯《しん》もしっかりしているしね」

出雲屋は、大和屋の取引先だそうな。

「ああ。その人ならば、会ったことがありますよ」

とお邑が応じた。秋の初めに、護国寺《ごこくじ》で茶会があった。その席で挨拶《あいさつ》をしたというのである。

「どうでしたか。話をしてみて」

「気働きの利く、なかなかの娘さんでしたね」

まんざらではない顔つきになった。良い印象を持っているらしかった。

「ほら、ごらんなさい。これはもう、ぜひにも話を進めますよ」

強い味方を得たといった顔で、お品は言った。

「出雲屋というのは、老舗《しにせ》だな」

弥惣兵衛は人柄よりも、山城町の出雲屋という店が気に入ったらしかった。

「ちょ、ちょっと、待ってください」

新五郎は口を挟んだ。黙っていたら、瞬く間に話が進んでしまいそうだ。

「何だい。何か不満なのかい。せっかく話を持ってきてやったのに」

お品は息巻いた。素直に話に乗らないのが、気に入らない様子だった。そして続けた。

「この前だって、あたしが縁談《はなし》を持ってきてあげた。それなのにお前がつまらないことをして、破談になってしまった。いったい、何を考えているんだい」

家禄《かろく》三百二十石の旗本家の娘だった。新五郎はその家の当主に嫌われたのである。娘に不満はなかったが、結果としてはうまくいかなかった。しかしそれで、ほっとした部分も気持ちの中にはあった。

高田屋の跡取りに、嫁が欲しいと考える縁者の気持ちは分からないわけではなかった。武家であろうと商家であろうと、次代に繋《つな》がる跡取りの有無は、無視のできない大きな問題といえた。

そして新五郎自身にしても、嫁取りはしなくてはならないと考えていた。跡取りになった以上は、勝手に生きるわけにはいかないのはわきまえている。

ただ今は、祝言を急ぎたくない気持ちがある。それは理屈ではなかった。

「まあまあ。この子にも、いろいろ考えがあるんでしょうから」

思いがけず、母が間に入った。これは新五郎にとっては驚きだった。てっきり叔母の側につくと予想していた。

「まあ、会うだけ会ってみたらいいじゃないか。段取りは私がつけますからね」

頭ごなしに断るのも、波風が立つ。お品が善意で縁談を持ってきているのは、新五郎にもよく分かっていた。

言いたいことを話したお品は、長居もしないで引き上げて行った。いずれ見合いとなる流れが見えるので、新五郎としては気が重かった。きっぱりと断らない、いや断れなかった己の優柔不断さが気持ちに残った。

「まだまだ、半人前だな」

と自嘲《じちょう》した。

十月の切米が終わって、まだ日がたっていない。髙田屋にしてみれば、暇な時期だった。

米問屋に挨拶をしてくると平之助には告げて、新五郎は髙田屋を出た。向かった先は、両国広小路の羽衣屋天祐の見世物小屋である。

苛立《いらだ》ったときや、ほっと息を抜きたいとき、ついつい足が向かう場所だった。

十月は、独楽《こま》回しの芸を見せていた。月が替われば小芝居を上演することが決まっている。

舞台の裏手、天祐の部屋で新五郎は甘酒を馳走《ちそう》になった。そしてお品が持ってきた縁談について、愚痴をこぼしてしまった。

「今のところは、祝言なんて挙げるつもりはないんですが」

これは本音だ。まだまだ商いの修業をしなくてはならないと考えていた。だが話を聞いた天祐は、あっさりと言った。

「そりゃあ新五郎さんに、気になる人がいるからですよ。だから他の話は、厄介に感じる」

「だ、誰ですか。その相手は」

どきりとしたが、それを押し隠して問い返した。薄っぺらい気持ちの底を、見透かされた気がしたのである。祝言など挙げるつもりはないが、気になる者がいないわけではなかった。

「それはお鶴さんじゃないですか。その人の話をしているときは、顔が生き生きとしていますぜ」

「まさか、そんなこと」

ひやりとした思いで言い返した。

「自分じゃあ、分かっていないかもしれませんけどね。折々話を聞いている者には、ぴんときますよ」

からかっているのではなさそうだ。天祐にしてみれば、感じる何かがあったから口にしただけかもしれなかった。

返事ができないでいると、天祐は続けた。

「いいんじゃねえですかい、兄嫁だって。大事にすれば、惣太郎さんも喜んでくれるんじゃないですかね」

心の臓が、大きくどきんとした。破裂してしまうのではないかと思ったほどだ。茶《ちゃ》碗《わん》に残っていた甘酒を飲み干した。

返答のしようがない。図星を指されたという気持ちもどこかにあった。

「総領が亡くなって、跡を継いだ弟が兄嫁と一緒になったなんてえ話は、珍しくもないですぜ」

天祐は真顔で言っている。

「いやあ、そんな気持ちはないですよ」

やっとの思いで、新五郎はそれだけを返した。

見世物の舞台の方で、騒《ざわ》めきと拍手が上がった。独楽の曲芸が終わったところらしかった。

「今月は、あまり客の入りが良くありませんでしてね。来月からの小芝居に客が入るように、さきほど祈願をしてきたところです」

天祐は、話題を変えてくれた。あまり責めても仕方がないと感じたのかもしれない。

新五郎にしてみれば、ほっとした気持ちだった。

月の終わりだから、天祐も何かと忙しい。逃げ出すように、小屋から外へ出た。

「ふう」

両国広小路の雑踏を歩きながら、大きなため息を吐《つ》いた。まだ心の臓がどきどきしていた。

天祐が口にしたことは、今の新五郎には受け入れられない。しかしとてつもないことを言ったのではないのも分かっていた。

「自分はただ会って、話をしたいだけなのだがな」

と思っている。それ以上は考えもしなかった。

にもかかわらず天祐は、いとも簡単にその先の先を口にしてしまった。それで自分は、狼狽《ろうばい》しているのだった。

つい数日前、兄の月命日があった。それでお鶴とは、旦那寺の徳恩寺で顔を合わせた。いつものように近くの茶店で、茶を啜《すす》り饅頭《まんじゅう》を食べたのである。

示し合わせたのではない。初めの頃たまたま境内で会って、そのまま同じ刻限に行くようになったのである。

楽しい時間ではあったが、話をする以上のことは望んでいなかった。それは間違いない。

ただ天祐は、自分が気付いていない深層の思いを言い当ててしまったのかもしれないとも感じていた。

もう一度、深く息を吐いた。

先日会ったときには、お鶴から神田富松町のしもた屋へ転居したことを直《じか》に聞いた。

そして十一月になったら、訪ねて来てくれと言われた。

それがいよいよ、迫ってきた。心の臓が、きりりと痛くなっている。

二

十一月一日になった。お鶴が言った、転居先の神田富松町の住まいに訪ねて行ってもいい日となったのである。新五郎は朝からそわそわしていた。

切米が済んで間がないから、店を開けても訪ねて来る札旦那は少なかった。利息を返しに来た者ならば、長居にはならない。さっさと引き上げて行く。

四人いる手代たちは、手持ち無沙汰《ぶさた》にしていた。

これならば一刻（約二時間）や一刻半（約三時間）抜け出したところで、問題はなさそうだった。お鶴を訪ねるには格好の一日といえたが、新五郎は外出をしなかった。

朝から晩まで、暇ができるとお鶴のことが頭に浮かんでくる。何度出かけようと考えたか分からないが、辛抱した。よしと言われた最初の日に行っては、いかにも待っていたかのように受け取られると考えたからだ。

「どうも、情けない話だな」

と自嘲した。

そして翌二日、とうとう我慢がし切れなくなった。

「一刻半ほど、出かけさせてください」

平之助に断って店を出た。細かいことは、言われなかった。

町を歩いていると、気持ちがふわふわと浮き上がって行く気がした。

「まずいぞ」

と心を引き締めた。

新居を訪ねるのだから、何か祝いの品を持参しなければなるまいと考えた。しかしふさわしい品が頭に浮かばない。

たまたま通りかかった道筋に、布団屋があった。それで同じ柄の座布団を五枚買った。何枚あっても役に立つだろうとの考えだ。上等の品である。

代金を払い、小僧に持たせた。

見越しの松が見える、冠木門《かぶきもん》の前に立った。一つ大きく息を吐いてから、戸を拳《こぶし》で叩《たた》いた。

出てきたのは、年の頃十五、六の頰《ほお》の赤い小女だった。なかなかに気の強そうな顔をしていた。

「高田屋の新五郎だ」

と伝えると、「ああ」と口元に笑みを浮かべた。名を聞いているらしかった。

「どうぞ」

敷地の中へ招き入れた。玄関の戸が開いていた。三和土《たたき》に男物の草履が脱いであるのが目について、新五郎は息を呑《の》んだ。

「な、何だ」

と気持ちがざわついた。お鶴の旦那が来ているのかと感じたからである。だがそのとき、奥から年の頃四十半ばの職人ふうの男が出てきた。四角張った顔で、どっしりとした体つきをしている。

ちょうど帰るところだったらしい。背後にお鶴の姿があった。

「これは新五郎さん」

男の方が、声をかけてきた。

「これは紅葉屋《もみじや》の多平《たへい》さん」

新五郎も知っている男だった。本郷で紅葉屋という屋号の、獣肉を食べさせるももんじ屋を商っている男だった。

「獣肉は汚らわしいと嫌がる者も少なくない。忌まわしいと言う者もいるが、味はすこぶるいい。精もつくぞ」

そう言って、兄の惣太郎は何度か紅葉屋へ連れて行ってくれた。お鶴を交えた三人で行ったこともある。そのとき多平と顔見知りになった。猪《いのしし》や鹿《しか》の肉を、焼いたり煮たりして出してくれた。

「しかしその多平が、どうしてここにいるのか」

まず新五郎の頭に浮かんだ不審が、これだった。するとそれを察したように、多平が口を開いた。

「店の建て増しをしますんでね、そのための金子の一部を拝借に上がったのです」

「はあ」

初めは、何を言い出したのかと面食らった。しかし一呼吸するほどの後で、多平は金を借りに来たのだと気がついた。

「ええっ」

それで新五郎は仰天した。

どうやらお鶴が始める商いが、金貸しらしいと気づいたからである。転居して、店を出したわけではない。しかし金貸しならば、しもた屋でも商いができると納得がいった。

「そ、そうでしたか」

やっとのことで、声を出した。男物の履物を見て、お鶴の旦那が来ているのかと勘繰った。その心根を、新五郎は恥じた。

「では、これでご無礼いたします。どうぞ店にも、お越しくださいまし」

多平は新五郎にも挨拶をすると、引き上げて行った。

「ずいぶんと魂消《たまげ》ました」

後ろ姿を見送ってから、新五郎は口に出した。多平が現れたこともそうだが、お鶴が始めた商いについても、驚きを隠せなかった。

「はい。私、金貸しを始めました」

お鶴は胸を張って言った。

ここで持ってきた座布団を差し出した。運んできた小僧を帰した。

「心ばかりの祝いです」

ようやく口からまともな言葉が出た。

「まあ、ありがとうございます。買わなければと思っていたところです。ささ、お上がりください」

お鶴は喜んでくれた。

廊下は、顔が見えるくらいに磨き込まれていた。通された八畳の部屋は、庭に面している。新しい畳が敷かれていて、ぷんと藺草《いぐさ》のにおいがした。

庭には、狭いが池もある。庭木の手入れも、きちんとなされていた。貸主の伊勢屋四郎兵衛は、できる限りの心配りをしたのだと推量できた。

床の間のある部屋だが、まだ軸などは掛けられていない。置物もない。越してきたばかりであることをうかがわせた。

祝いの品の座布団を敷いて、お鶴と向かい合った。小女が茶菓を運んできた。名はお冬《ふゆ》というのだと教えられた。ここで、二人で暮らしている。

「しかしどうして、金貸しになど」

独り身の女が、わざわざする稼業だとは思えなかった。お鶴は高田屋を出るにあたって、百両の金を受け取っているということを、母から聞いた。それを元手にすれば、他にもふさわしい商いがありそうな気がした。

「お金を貸すのは、阿漕《あこぎ》に儲《もう》けるためではありません。もちろん損をするつもりはないですが、まずは人のお役に立ちたいと思います。困った方を、お救いするのが目当てです。金貸しという稼業は、卑しいものではありません」

「それはそうです」

新五郎は、同意した。そして続けた。

「兄惣太郎は、私によく言っていました。客の役に立てと」

「はい。お貸ししても、その方の身にならないと考えたときはお断りをします。借りることでその方の生きる道が開けるならば、お貸しした意味があると存じます」

「客と一緒に、繁昌をするわけですね」

「はい」

お鶴は目に、きりりとした覚悟を浮かべた。

金貸しをしようという気持ちの裏には、惣太郎への強い思いがある。お鶴の胸の内では、兄はまだ亡くなっていない。

話を聞いた新五郎は、はっきりとそれを悟った。

「しかし金を借りようとする者の中には、とんでもない者もいますよ」

金が絡まる商いは、危険な面が少なくない。

「大丈夫です。多平さんのような堅い商売の人に貸すだけですから」

もちろん高利ではないが、利息も取る。人柄を見、返せる見込みのある納得した相手にしか貸さないとお鶴は言った。

「何か悶着《もんちゃく》があったら、すぐに知らせてください。何があっても、駆けつけてきますので」

新五郎は言った。天祐と話をしたときから、ここへ来るまでの間にあった浮ついた気持ちは跡形もなく消えている。お鶴の新たな商いには、惣太郎の貸金業に対する覚悟が息づいている。

それを支えなくてはと考えたのである。

越してからまだ日は浅い。近所の様子や新たな暮らしの様子について話を聞いた。お冬は口入屋から斡旋《あっせん》されたが、じっくり話を聞いた上で雇うと決めた。気丈で心根のいい娘だと言った。

それでも新五郎がいたのは、四半刻《しはんとき》（約三十分）ばかりの間である。

「また来てくださいね」

帰り際、玄関先まで見送ったお鶴はそう言った。

三

髙田屋に戻ると、四人の手代は客と対談をしていた。さらに待っている札旦那の姿もあった。新五郎が留守の間にやって来たのである。

その中に、川崎小源太《かわさきこげんた》という四十二歳になる札旦那の姿があった。中背だが、体はがっしりしている。

家禄百二十俵で闕所物《けっしょもの》奉行という役に就いていた。

犯罪をなした者が、本刑や付加刑として財産を取り上げられる。そうした没官物を売却し、幕庫に納める役目をしていた。堅物として知られている。

「娘の門出なのじゃ。何とかいたさねばならぬ」

十数年に及ぶ貸金がある。しかし微量ながらも返済を重ね、切米の直後に顔を見せるほど逼迫《ひっぱく》した家計の者ではないと感じていた。なので少し気になった。

熱心に、手代の狛吉を相手に話し込んでいる。新五郎は近くへ寄って、聞き耳を立てた。

「祝言はな、年が明けた春だ。だがそれまでに支度を調えてやらねばならぬ。娘に肩身が狭い思いをさせるわけにはいかぬからな。その親心を、察してもらいたいのだよ」

偉そうには話していない。あくまでも貸し出しを頼む、といった態度だった。娘が嫁ぐにあたって、その支度のための金子が欲しいのだと察した。

川崎ならば、まだ五両くらいは貸せるはずである。新五郎は狛吉を呼んだ。

「どうだ、貸してやっては」

嫁いでゆく娘のためならば、多少の無理はしたいだろうとの考えだ。しかし狛吉は、顔に困惑の色を浮かべた。

「はい。私もそう思っているのですが。川崎様が望んでいらっしゃるのは、三十両なんですよ」

「ほう」

それでは話にならなかった。言われただけ貸してしまうと、二年先の禄米を担保にするのでは間に合わない。

「五両で帰ってもらうわけにはいきませんか」

「そうお話ししているんですけどね、どうしても三十両欲しいという話で」

話を始めて、もう四半刻がたっているとか。それで新五郎が相手をすることにした。

貸す貸さないはともかくとして、事情は最後まで聞いてやるつもりだった。

「三十両にこだわる理由《わけ》がおありなのでしょうか。それをお聞かせいただきたく存じます」

新五郎は、丁寧な口調で言った。貸せぬという者に対して、四半刻以上粘るというのは、並々ならぬ思いがなければできないだろう。

「いや、それはな」

川崎は、わずかに恥じらいを顔に浮かべた。新五郎は、話し始めるのを待った。

「娘の名は、いくという。あやつは健気《けなげ》でな、常に母の古着を身に付けて育った。着物を新調してやったことは、一度もなかった。母親は病弱で、八つのときには台所仕事をしておった。わしらの繕い物は、あやつがやった。読み書きの稽古《けいこ》は、反故紙《ほごがみ》の裏を使ってわしが教えた。そうやって十八になった娘が、嫁ぐことになった」

「何よりの、お喜びですね」

「いかにも。しかも相手は、家禄二百五十石の旗本家である。そこの当主の、眼鏡にかなったのだ。婿殿にも望まれた」

川崎は、そこでふうと息を吐いた。

「ですから、できる支度をしてあげたいとお考えになったわけですね」

「そうだ。あやつにしてやれる、たった一度のことだ。嫁ぎ先で、肩身の狭い思いはさせられぬからな」

患っていた妻女はすでに亡い。しかし生きていたなら、同じ思いになるだろうと言い足した。

親の心情としては、理解できた。三十両があれば、納得のゆく支度をさせられると考えているのである。

しかし札差は、情では金を貸さない。それは客の満足や幸せを願うのとは別だった。

　髙田屋は二年先までの禄米しか、金を貸すときの担保として受け入れていなかった。それは借り手である札旦那の、返済能力を考えるからだ。かまわず貸して、破綻《はたん》を招くのは、札旦那にとっても髙田屋にとっても利があるとはいえないからである。

　また「あなたにだけは」と言って、例外を設けることもしていなかった。店に関《かか》わる百三十人余の札旦那を、すべて同じに扱うのが、金貸し業の矜持《きょうじ》だと考えているからである。

「健気にお過ごしになりましたね。いく様には、頭が下がります」

「う、うむ。それはそうだ」

「だからこそ、お家の暮らしについては、よくご存知なのではないでしょうか。川崎様がなしうる精いっぱいのことをすれば、いく様には、お父上様のお気持ちが充分に伝わると存じますが」

　これは口先だけで言ったのではない。新五郎の気持ちとして伝えたのである。

「そ、そうかもしれぬが」

川崎は口ごもった。頭では、こちらの言葉を受け入れたかに見えた。けれども……。

納得したというのでは、なさそうだった。

「いや。わしはな、できること以上をしたいのだ」

これも、父親の気持ちなのである。腹を立てて口にしたのではなかった。

「いかがでしょう。とりあえず、五両をお持ち帰りになっては」

新五郎が告げると、川崎ははっと息を呑んだ。何であれ、それ以上の金子は貸せないという、こちらの気配を悟ったのだと感じた。

しかしそれは、腹を立てたというふうには見えなかった。

「となると、背に腹は代えられぬな」

と呟《つぶや》いた。

その言葉を聞いて、新五郎はどきりとした。川崎は金のために、やりたくない何かを渋々すると腹を決めた。そう感じたからである。

何をするのかは、もちろん分かるはずもない。ただ気持ちに引っかかって、腹の奥に残った。

川崎は五両だけを懐に入れて、引き上げて行った。

それから数日後、新五郎は仕事で出かけた帰り道、両国広小路の羽衣屋天祐の見世物小屋に立ち寄った。十一月は、宮地《みやち》芝居の役者が人情物の小芝居を舞台に上げていた。

木戸口に、役者の大首絵が飾られている。幸助が、拍子木を叩いて客寄せの口上を述べていた。

「まずまずの入りじゃないですか」

木戸口が見えるところに立って、新五郎と天祐は話をしていた。客の入りを、うかがっていたのである。

両国橋西袂《たもと》の広場には、今日も見世物小屋や露店が出て、大勢の人が行き来をしていた。水茶屋の茶釜《ちゃがま》から、白い湯気が昇っている。

「いや、この程度じゃだめですよ。毎日立ち見が出るくらいでなきゃあ」

天祐は応じた。なかなか、そこまではいかないようだ。

「ところで、叔母さんが持ってきた縁談の方は、どうなったんですかい」

思い出したように、問いかけられた。そう言えば前に、お品が持ってきた、京橋の米問屋の娘との縁談について話をしたことがあった。

「見合いをしろと、うるさく言われましてね。難渋しました。でもはっきり断りました。今はそれどころじゃあ、ありませんから」

若旦那として、未熟だというのが大きな理由になっている。だが本音はそれだけではない。頭には、お鶴のことがある。ただそれは、自分がお鶴とどうこうしたいのではなかった。商いが軌道に乗るまで力になりたいという、その一点である。

断るにあたっては、母お邑も一役買ってくれた。

「そうだねえ、もう少し先でもいいかもしれないねえ」

と言ってくれた。どのような思惑があってかは分からないが、この言葉はありがたかった。

「さあさあ、芝居が始まるよ。急いだ急いだ」

幸助が、看板を見上げて入ろうか入るまいか悩んでいる隠居ふうに声をかけた。そのとき、この隠居の横を侍と町人の二人連れが歩き過ぎて行った。

「あれは」

侍の方に、新五郎は見覚えがあった。川崎小源太だった。共に歩いている町人は、歳の頃は五十前後、一癖も二癖もありそうないかにも悪相な男である。ただ身なりは悪くない。

それなりの商家の主人、といった気配に見えた。

「知り合いなんですかい」

こちらの様子に気付いたからか、天祐が問いかけてきた。

「ええ。お武家の方は、髙田屋の札旦那の川崎小源太様です」

「なるほど。あっしは町人の方を知っていますぜ」

と天祐は、意味ありげな顔で言った。

「何者なのですか」

口ぶりが気になったので、問いかけてみた。

「六角屋《ろっかくや》八十右衛門《やそえもん》という曲者ですよ。神田平永町《ひらながちょう》で、表向きは古物商をしています」

いかにも、何かがありそうな口ぶりだった。そう言われると、聞き捨てにはできない気がした。

「裏では、何をしているんですか」

「まあ、いろいろやっているが、あっしが知っているのは盗品を扱うってえことですね。名品ならば、金に糸目をつけない金持ちはいくらでもいる。そういうところへ、密《ひそ》かに持ってゆくわけですよ」

「なるほど」

嫌な話を聞いたと思った。

「あのお侍は、何者なんですかい」

「闕所物奉行をしている御仁だ」

「ほう。となると、何かがにおってきますな。闕所物奉行は、取り上げた書画骨董《こっとう》といった品を、多く扱うわけですからね」

天祐はにやりと嗤《わら》った。半分冗談めかした口調にはしているが、明らかに悪事のにおいをかいでいる様子だった。

「名品を、我楽多《がらくた》だということにして買い叩けば、とんでもない儲《もう》けになりますからね。闕所物奉行が絡んでいたら、できない話ではありませんぜ」

「そ、そうですね」

五両だけを懐にした川崎は、引き上げる際に「背に腹は代えられぬ」という言葉を残していった。それは新五郎の耳の奥に、いまだに残っている。

川崎は堅物として知られていた。まさかとは思うが、金が魔物であるのは間違いなかった。

「幸助を、ちょいと貸していただけますか」

新五郎は、最近の六角屋について調べさせようと考えた。

四

その日商いを終えた新五郎は、門伝の屋敷を訪ねた。もちろん、一升の下り酒の手土産は忘れない。川崎小源太について、知っていることを教えてもらおうと考えたからである。

天祐は、川崎と並んで歩いていた人物が、盗品を扱う評判の良くない商人だと言った。聞き込みに行った幸助からまだ報告はないが、新五郎は気になっていた。

闕所の名品を、わざと安く六角屋へ払い下げたら、それは明白な不正となる。明らかになれば、お役御免どころでは済まない事態になるはずだ。

川崎は高田屋の札旦那だとはいっても、毎月のように金を貸せと言ってくる者ではなかった。利息は黙っていても向こうからきちんと返してくる、商いをする店にしてみれば手間のかからない客だった。ただそのために、逆に川崎に対してどのような人物なのか知識がなかった。

「なるほど。しかしおれも顔と名は分かるが、詳しくは知らぬ。これまで後ろ指をさされるようなことは、一度もなかったからな」

新五郎の話を聞いた門伝は、あっさりとそう応《こた》えた。目覚ましい働きをする者や何かと悶着を起こす者は記憶に残るが、そうでなければ口の端《は》に上ることもない。

「ただ待てよ。父上が残した備忘録がある。それに何か書いてあるやも知れぬ」

門伝の父親も、長く御徒目付《おかちめつけ》の役に就いていた。

いったん部屋を出て、厚さ一寸（約三センチ）ほどもある綴りを持ってきた。いろは順に苗字が並んで、何か記されている。公式のものではなく、役務の便宜のために残していたものだという。

「おお、あったぞ。これだ」

紙をめくっていた手を止めて、門伝は指差しをした。屋敷が神田お玉《たま》ヶ池《いけ》の近くであることと生まれた年月の他に、小さな文字で走り書きがしてあった。それを目で追った。

『実直なるも、面白みのなき男。しかも頑固』

とあった。これは新五郎も、共感できるところだった。ただ走り書きは、それだけではなかった。

「母方の実家は、家禄三百石の若杉《わかすぎ》家とある。旗本家から嫁に来たわけだな。川崎家は知行地などない百俵の蔵米取りだから、家と家との付き合いでは、引け目を感じたことがあったのかもしれぬぞ」

「なるほど。それで娘の嫁入り支度では、肩身の狭い思いをさせまいと考えたのかもしれませんね」

若杉家の知行地は秩父《ちちぶ》で、川崎は幼少の頃から二十歳くらいまで、よくそこへ出かけていた。刃物の研ぎを自分でするが、玄人《くろうと》というほどの腕ではないと記されてあった。

どこかで小耳に挟んだことを、取りとめもなく書き残した。そういう綴りである。

「まあこれだけでは、何の役にも立たぬようだな」

門伝は言った。確かにこの綴りから伝わってくるのは、江戸で人と関わるよりも、山に囲まれた秩父で過ごす方が身に合っているといった気配だけだった。

それでも聞かないよりはましだと考えた。

この翌日、店を開けてそう間のないときに、再び川崎小源太が顔を見せた。思い詰めた気配だ。

「なんとしても、あと二十五両を借り受けたい。これが最後の申し出でござる」

真っ先に口にしたのは、これだった。新五郎は初めから、川崎の相手をした。

これまでに貸し付けた金子と返済額を考えに入れると、さらに貸せるのはせいぜい一両がいいところだった。これは改めて貸付帖《ちょう》に算盤《そろばん》を入れて、計算をし直したのである。

しかし一両では、川崎は満足しないだろう。

「いかがでしょうか。何か稼ぐ他の手立てはありませんか。あればお力になりたいと存じますが」

と言ってみた。刃物を研ぐ腕が上達しているのならば、そういう職人の家を紹介してもいいと思っていた。お鶴の父貞右衛門も柄巻の腕があったから、それが家計を助けることになった。

川崎は、一瞬何かを言おうとしたらしかった。しかし言葉にならないうちに、それを呑み込んだ。

「何もござらぬ。あれば前から始めておろう」

不貞腐《ふてくさ》れた口調で言っていた。

他に話すこともないので、新五郎は問いかけた。

「お若い頃は、よく秩父へ行かれておられたとか。長く行っておいでだったのですか」

「そうだな、参れば一月から二月ほどは留まっておった」

「長いですね。何をなさっておいでになったのですか」

「そうさな、土地の者と山に登っておった」

ごくわずかな間だけ、川崎は懐かしげな顔をした。しかし雑談をしに来たのではない。本題に戻った。しかしそうなると、話は進まなかった。

「あと一両でしたら」

と告げたが、それについては返事もしなかった。結局金を手にすることなく引き上げて行った。新五郎にしてみれば、後味の悪い対談だった。

そして昼が過ぎてしばらくした頃、幸助が店に顔を見せた。裏の勝手口で話を聞いた。

「六角屋という古物屋は、もう何十年も前から神田平永町に店があります。近所で話を聞くと安物も店には置いてあるが、中には他では手に入らないような名品や名物もあるとかで、神田や日本橋界隈《かいわい》の骨董好きが顔を見せるということでした」

「盗品の噂《うわさ》もあったのか」

「ええ。それは耳にしましたが、あくまでも噂です。土地の岡っ引きとは昵懇《じっこん》だそうで、面と向かって何かを言う者はいないようです」

「岡っ引きには、鼻薬を利かせているわけだな」

「そんなところだと思います。それに六角屋には、目付きの良くない用心棒がいます。猿江武兵衛《さるえぶへえ》という三十代後半の浪人者です。何でも大東流《だいとうりゅう》とかいう剣術の達人だそうで」

幸助は、八十右衛門だけでなく猿江の顔も見てきたとか。これもかなりの悪相だったと言い足した。

「それから出入りした何人かの客からも、話を聞きました」

「ほう」

近所の評判を聞いただけでは帰ってこないところが、幸助の気働きの利くゆえんだ。

「なんでも五日だか六日だかした後に、闕所になった骨董品の競りがあるそうです。そこで掘り出し物を見つけてくると八十右衛門は話したそうです」

「闕所品の競りだと」

これは初耳だった。ならば当然、川崎が執り行うことになる。

「はい。まあ噂に聞くだけでは話にならないので、お玉ヶ池の川崎様のお屋敷にも行ってきました」

闕所物奉行には、役宅がない。奉行の屋敷で事務を執り行い、競りもそこで行われる。門先にいた闕所方の手代に、その日取りを確かめた。

競りは、六日後に行われるという話だった。このとき幸助は、川崎の顔も目にしている。

「はい。それで気になって、今日も六角屋の様子を見に行ったんですが、思いがけない人が訪ねてきました」

そう言って、鼻の頭を指で擦った。どうやらこれが、一番伝えたい中身らしかった。

「誰が来たのか」

「川崎小源太です。そろそろ四つ（午前十時頃）になろうかといった頃だと思います」

「なるほど」

苦いものが、新五郎の胸にこみ上げた。その刻限ならば、川崎は蔵前の高田屋から平永町の六角屋へ行ったのだと推察できる。

あのとき川崎は、「これが最後の申し出でござる」と言っていた。金が借りられなかったから、六角屋へ行ったのである。

「それでどうした。半刻（約一時間）ほども話し込んだのか」

「いえ、用心棒の猿江を含めた三人で出かけました。つけてゆくと、行きついたのは下谷《したや》茅町《かやちょう》のももんじ屋でした」

「ももんじ屋だって」

それで思い出したのは、お鶴の家で会った多平の顔である。しかし多平の店は本郷だった。

「食事をしに行ったのか」

「そうらしいです。三人とも、どうやら獣肉が好物らしくて。店の者に聞いたら、前にも二度、三人でやって来たとのことでした」

幸助の話を繋ぎ合わせると、六角屋は前から川崎小源太に近づいていた。闕所品の落札に力を貸せと迫っていたものと思われるが、川崎は応じなかった。不正などせずに、髙田屋から金を借りようとしていたのである。

しかし最後の申し出が叶《かな》わず、六角屋へ足を向けた。そして六角屋たちともももんじ屋へ向かった。間違いなく、代金は六角屋が払うのだろう。

「話がまとまったわけですね」

幸助に言われて、新五郎は否定ができなかった。

五

幸助には、たっぷり駄賃を与えた。新五郎は店に戻ったが、頭にあるのは川崎のことばかりだった。

高田屋が金を貸さなかったから、川崎が不正に手を染める。断定はできないが、その可能性は濃厚だった。それが胸に響いてくる。

こういうとき、兄ならばどうするか。そう考えてみたが、見当はつかなかった。

迷ったとき、ぜひにも意見を聞きたい者が一人いる。夜になって訪ねるのは憚《はばか》られるから、新五郎は取引先の米問屋へ行くと嘘《うそ》をついて、高田屋を出た。さいわい面倒な案件は、他には起こっていなかった。

出向いた先は、神田富松町である。お鶴の家には、つい数日前に訪ねたばかりだった。

「何かありましたね」

新五郎の顔を見たお鶴は、すぐにそう言った。

「なぜ、分かるのですか」

「困ったと、お顔に書いてあります」

「はあ」

子ども扱いをされた気もしなくはないが、自分はお鶴の前に出ると、すぐに本音が顔に出てしまうのかもしれないと考えた。

熱いお茶を出してもらい、それをゆっくり飲んでから、川崎にまつわるすべてを伝えた。

一つ一つ頷《うなず》きながら聞いたお鶴は、話が済むと、少しの間思案をする様子を見せた。そしておもむろに、口を開いた。

「不正をさせぬために、札差が担保のない金を貸すのは筋が通りません。それで貸しては、商いではなくなります。嫁入り道具のために無理をする必要はありません。できることをなさればいいと、伝えればよいのではないでしょうか」

「それはそうなのですが、川崎様は娘ごに、取り立ての思いがあるようです」

「でもお役目に不正があれば、娘さんをかえって悲しませます。己のためになした不正だと知ったら、なおさらではないでしょうか」

もっともな話として聞いた。

ただ川崎は、他からの声に対して耳を閉ざしていた。これまで娘に対して、充分にしてやることができなかった。辛抱ばかりをさせてきた。その罪滅ぼしをしたいという気持ちで凝り固まっている。

そのことに気付かせるのは難しい。

「川崎様には、他にお稼ぎになる手立てはないのでしょうか。それなりのお力があれば、これを担保にして金子の融通ができると思いますが」

「なるほど」

札差は禄米《ろくまい》を担保に取るが、他の金貸しはそれぞれに、貸金の返済を確かにするために方途を考える。家屋敷を担保に取る場合もあり、価値ある骨董品や長年の信用、場合によっては娘を差し出させようとする者もいる。

しかしお鶴は、何であれ借りる者に稼ぎになる技術や力があるならば、それを担保に貸してもいいと言ったのであった。

「禄や物でなくてもかまわぬわけですか」

「技やお力があるならば、物でなくてはならぬわけでもありますまい」

「川崎様には、刃物研ぎという技があるようです。ですがそれは、玄人の域にまでは行っていないようです」

「それでは、話になりませんね」

お鶴は、金貸しとして言葉を発している。しかし冷たいというのとは微妙に違う。

「刃物研ぎの腕を、磨いていただけばよいのです。祝言に間に合う合わないなどは、目先の話でしかありません。娘ごの永い幸せを願うならば、そちらが先であることをお伝えなさるべきです」

「いかにも、そうですが」

お鶴は武家の出で、札差の女房でいたのは二年足らずである。それでも金貸しという稼業について、自分よりよほどしっかりした気持ちを持っていると感じた。

それはいつも傍らに惣太郎がいて、その姿を目の当たりにしてきたからなのか……。そう考えると、兄の存在の大きさを改めて意識した。

「あのう、お客様がお見えになりました」

そこへ、女中のお冬が遠慮がちに声をかけてきた。どうやら、金の貸し借りにまつわる者らしかった。

「金を借りようとする方は、どうしてここを知ったのでしょうか」

「それは、伊勢屋さんが口利きをしてくださるからです」

伊勢屋四郎兵衛が後ろ盾になっている。それは大きい。

お鶴の稼業は、それなりに動き始めている様子だ。ならば邪魔をするわけにはいかなかった。

「いや、ありがとうございました」

まだ話していたい気持ちもあったが、新五郎は立ち上がった。

店に戻った新五郎は、闕所品の競りが行われる前に、もう一度川崎に会って話をしなくてはならないと考えた。先日は、髙田屋に頼みに来るのは最後だと言っていた。となると、こちらから出向いて行かなくてはならない。

髙田屋では、札旦那の冠婚葬祭には出入りの商人として弔問や祝いの品を届けている。川崎家では娘が嫁ぐわけだから、新五郎が出向くことは店の仕事だと言えた。

「では、行ってきていただきましょう」

平之助はそう言って、のしをつけた真昆布を用意した。それを小僧に持たせて、神田お玉ヶ池にある川崎屋敷を訪ねた。

札差の若旦那が、婚礼の祝いの品を届けたのである。玄関先で帰されても不満はないが、川崎は床の間のある奥の部屋へ招き入れた。

床の間に、見事な猪の毛皮が飾られていて、新五郎は少し驚いた。いわれを聞こうかとも思ったが、まずは祝いの品を手渡した。三方《さんぽう》に載せた真昆布を、差し出したのである。

「これはこれは、ありがたく存じます」

店で交わした金談については、何事もなかったような顔をしていた。いくという名の娘も、挨拶に顔を出した。地味な身なりをしていたが、目鼻立ちの通った器量よしだった。

挨拶を済ませて部屋を出て行ったところで、新五郎は声を落として祝い事とは別の話をした。

「もうじき、闕所の古物骨董品の競りがあるそうでございますね」

「いかにも。それは当家の、お役目であるゆえな。慎重に行わねばならぬ」

川崎は表情を崩さずに応じた。

「それはもちろんでございましょう。川崎様のなさることに、間違いなどありますまい」

まずはそう返答した。そして新五郎は続けた。

「取引される品に、不正などがあってはなりませぬ。そのようなことがあれば、いく様の祝言にも障りができてしまいます。まあ商人というのは、阿漕な者もありますので、充分なご注意をいただきたいものでございます」

不正を企んでいるだろうと、頭から問い詰めるわけにはいかない。遠回しに進言をしたのである。

六角屋との悪企みを図っているならば、これで通じるはずだった。

「ご忠告、かたじけない。しかしな、娘の祝言に泥を塗るようなまねは断じていたさぬ」

あっけないくらいさらりと返してよこした。思いがこもっているとは感じなかった。

新五郎は、次の言葉に詰まった。

「できることをして、送り出すまででござる」

口出しのしようがなかった。

これでもう、引き上げるしかすることがなくなった。

腰を上げようとして、床の間の猪の毛皮に目が行った。なぜこれがここにあるのか、不思議に思った。

「艶《つや》のある、見事な毛皮でございますね」

新五郎は見た印象を口にした。すると初めて、川崎は口元に笑みを見せた。

「これはそれがしが捕えた猪でな。皮を裂いて拵《こしら》えたのでござる」

「ほう。秩父で、でございますか」

母方の実家の知行地へ、折々出かけていたという門伝に見せてもらった備忘録の記載を思い出した。

「いかにも。村の者と山に入ってな、矢を射て捕えたのだ。鹿も捕えたぞ。これはその中では大きいものを残したのだ。これを敷いて寝ると、冬も暖かい」

「さようでございましょうね」

「娘に、持たせてやろうと思うておる」

「あなた様の思いは、必ずや伝わっておりますよ。どうぞ無茶や無理は、いく様のためにもなさってはなりません」

念押しをするように言ってから、新五郎は川崎の屋敷を辞した。

六

翌日、昼が過ぎてしばらくした頃、叔母のお品が高田屋へやって来た。前触れもなくやって来るのはいつものことだが、今日は連れがあった。
十七、八歳の娘を連れていた。
京橋山城町の米問屋出雲屋の娘おつなだった。新五郎と出雲屋の娘との縁談は、母を通してすでに断りを入れている。

「いいじゃないか。本当にいい娘なんだから。顔を見れば気持ちも変わるよ」

娘のいないところで苦情を言うと、叔母はそう返してきた。

うりざね顔で鈴を張ったような目、鼻筋も通っていてなかなかに愛らしい。清楚《せいそ》な印象もあった。お邑とは茶の湯の稽古で顔見知りだから、茶道具の話をしている。無下には扱わない。

確かに様子だけを見れば、好ましい娘に感じられた。部屋に呼ばれた新五郎は挨拶をしたが、そのときのおつなの顔には、あきらかな恥じらいがうかがえた。

「商いだけでなくて、剣術もなさるそうですね」

「まあ、少々」

「茶の湯はなさらないので」

「そちらは不調法で」

問いかけられれば、話はする。不満はないが、話をしていてお鶴のことが頭に浮かんだ。叔母はこちらが断りを入れているのを、向こうには伝えていないらしかった。

そこらへんの叔母の勝手さが、腹立たしく感じた。

「いいんじゃねえですかい、兄嫁だって。大事にすれば、惣太郎さんも喜んでくれるんじゃないですかね」

と天祐は前に言った。それで心が動いたのは確かだが、お鶴の気持ちの中には、動かしがたい兄の姿がある。自分を相手にしてくれるのは、その弟だからに過ぎないと感じていた。

お鶴は、自分にとってはどうにもならない存在だ。にもかかわらずその姿を、何かあるとすぐに頭に描いてしまうことにも苛立ちがあった。

「今は、商いがありますので」

そう言って新五郎は店に戻った。

いつものように札旦那の姿があったが、面倒なことになっている様子はなかった。

「ちょいと出かけてきますよ」

平之助ではなく、手代の一人に声をかけて店を出た。叔母にも自分にも腹を立てている。むやみに蔵前通りを南に歩いた。

目の前に、浅草橋御門が見える。そこで立ち止まったとき、はっと気がついた。おつなに対して、自分は酷《ひど》いことをしたのではないかと思い当たったのである。

「あの娘は、何も知らずに髙田屋へ来たわけだからな」

そう考えると、自分は配慮のできない嫌なやつだと感じた。

ただだからといって、引き上げる気持ちにもならない。胸中のもやもやのやり場がなくて、神田川に沿った北河岸の道をそのまま西に歩き続けた。

お鶴の家に近づいていると分かったから、神田川に架かる橋は渡らなかった。通り過ぎてから、和泉橋を南に渡った。立ち止まった場所は、神田平永町の古物商い六角屋の店の前だった。

昼前に、川崎屋敷へ行った。伝えるべきことは話したつもりだが、川崎の気持ちが動いたとは感じていなかった。それがあって、ここへ来てしまった。

思い通りに事が運ばなくても、兄ならばぎりぎりまでできることをするだろう。自分もしなくてはとの決意である。

六角屋は間口四間。大店《おおだな》とは言えないが、建物の造りは重厚だった。

やや離れたところで、初老の親仁《おやじ》が路上で茶を商っていた。台の上に置かれた茶釜から湯気が上がっている。

一文払って、一杯貰《もら》った。安い茶葉だが、熱々だった。

「いつもここで店を出しているのですか」

と尋ねると、一日おきだと言った。ならばこの界隈には、詳しいはずだった。

一杯を飲み終えそうになったとき、年の頃三十代後半とおぼしい浪人者が六角屋の店に入っていった。荒《すさ》んだ、しかし身ごなしに隙《すき》のない剣の遣い手だと感じた。

「今のお侍は、六角屋さんの用心棒ですか」

　空になった茶碗を返しながら、新五郎は問いかけた。

「そうです。猿江様とかいう名でした。店の前で破落戸《ごろつき》同士の喧嘩騒ぎがありましたが、一人で追い返してしまいました」
　六、七人ほどいた破落戸は皆腕っ節の強そうな者ばかりで、かなり激高していた。しかし猿江は刀を抜くまでもなく、男たちの二人を突き転ばしてしまったとか。
「六角屋の商いの様子は、どうですか」

　ついでに聞いてみた。

「悪くないと思いますよ。身なりのいいお客が、よくやって来ますから。ほら、二人連れが出てきましたね。あんな感じです」

　店に目をやると、中年の大店の主人と金持ちの隠居といった風情の者が、出てきたところだった。新五郎がいる方向へ歩いてくる。

　主人ふうの方が、興奮を抑えながらといった様子で、何か言っていた。

「狩野英信《かのうひでのぶ》の山水画が手に入るならば、金に糸目はつけませんよ」

　この言葉が、いきなり耳に入った。

「しっ、声が高いですよ」

隠居の方が、注意をした。そして二人は、お茶売りの前を通り過ぎて行った。

狩野英信がどの程度の絵師なのかは、新五郎には分からない。しかし狩野という姓からして、ただ者ではなさそうだというくらいは分かった。

「闕所の品だな」

とぴんと来た。しっと口止めをしたところが、いかにもそれらしかった。

不正を疑うなら、闕所品の中身について、詳しく知っておくというのも意味がありそうだった。怪しげな品があれば、事前に伝えておく。そうすれば、不正を行うにあたって抑止する力になるのではないかと考えた。

川崎に聞けば早いが、それでは都合の悪いところは明らかにはならないだろう。それで新五郎は頭を捻《ひね》った。

「ああ、あの御仁がいた」

一人だけ、問いかけることができそうな人物を思い出した。中島元彌《なかじまもとや》という御金奉行を務める髙田屋の札旦那である。

御金奉行は幕府の金庫を管掌し、闕所品の売上金を受け取る役だった。家禄は二百石で知行地持ちだが、御役料百俵があるので、髙田屋ではこれを代理受領していた。

もちろん新五郎は、中島とは顔見知りである。

中島は闕所品の中身について、当然知らされているはずだった。屋敷は湯島にある。さっそく出かけた。留守ならば、店を閉じたあとにでも、改めて訪ねるつもりだった。

幸い中島は屋敷にいた。いきなりの訪問だったが、面談をすることができた。四十代半ばの歳で、幕庫に関わる役目がらか実直そうな面差しをしている。

「なぜ、闕所品の中身が知りたいのですかな」

まずはそう聞かれた。

「私も、狩野英信やその他の絵師の軸物を求めたいと思いまして。ご教授を願えればと思いました」

「確かに、落札の日が迫っておるな。此度《こたび》の闕所品には古美術の品も交ざっているが、玉石混交でな、真偽を見分けがたい品もあると知らせを受けておる」

まず中島は、そう応えた。

「それは、闕所物奉行の川崎様から伝えられたことでございましょうか」

「いかにも、そうである」

席を立って、薄い紙の綴りを持って来た。

「これは、落札に参加する者に配られるものである。したがってその方に見せても支障のないものだ」

見ると、競りに付される品の一覧表だった。文字を目で追って行くと、狩野英信の山水画の掛け軸が三点出品されている。しかし『真偽のほどは不明』という但《ただ》し書きがつけられていた。

「狩野英信は名の知られた絵師だが、三十年前の宝暦十三年（一七六三）に没している。その間に模写された絵もあって、これはその一つではないかという話であった」

「贋作ならば、高値にはなりませんね」

「もちろんだ」

これを偽物として六角屋が安値で落札する。しかし本物ならば、極めて高値で売れることになるだろう。

「この闕所の品は、どこから出たものでしょうか」

これは、ぜひにも聞いておきたかった。

「日本橋本町にあった老舗の縮緬《ちりめん》問屋但馬屋《たじまや》で、跡取りが人を刺してしまった。その先代が所有していた書画骨董の類《たぐい》だ」

日本橋本町は、家康公が江戸に入った折の町で、最初に手をつけた土地である。昔から豪商富貴が集まる町だった。

「ならば但馬屋は、かなりの分限者だったわけですね」

「いかにも」

これだけ聞けば、充分だった。新五郎は中島の屋敷を辞した。

七

新五郎は、湯島から日本橋本町へ向かった。但馬屋の土地や店は、すでに闕所として取り上げられている。しかし店の事情が分かる者が、一人や二人近隣にはいるだろうと考えた。

本町には、大店老舗が櫛比《しっぴ》している。蔵前通りにも大店老舗はあるが、こちらは土地柄で米商いに関わる店が多い。

本町は、雰囲気の違う町といえた。

旧但馬屋の店舗は、そんな中でまだ戸が立てられている。事件があったのは、四月ほど前だと中島は言っていた。

隣には太物屋があった。手代が店先に立っていたので、さっそく問いかけた。新五郎が身に付けている衣服は、すべて絹物である。それなりの商家の若旦那に見えるから、相手は一応丁寧な物腰だ。

「こちらの先代というのは、書画骨董の名品を蒐集《しゅうしゅう》しておいでだったそうですね」

「さあ、詳しいことは存じません」

申し訳なさそうに言った。

もっともな反応だとは思ったが、そうなると困った。誰に聞いたものかと考えた。

すると太物屋の手代が口を開いた。

「この先の通油町《とおりあぶらちょう》に、丹波屋《たんばや》という呉服屋があります。そこの手代の房吉《ふさきち》という者は、但馬屋が潰《つぶ》れる前まで奉公をしていました。その者ならば、詳しいことを知っていると思いますが」

隣家の手代同士で、知り合いだったようだ。

新五郎は礼を言って、通油町へ行った。丹波屋という屋号の呉服屋は、すぐに分かった。但馬屋よりも、間口の狭い店だった。

小僧に声をかけて、房吉を呼んでもらった。店の軒下で待っていると、二十代半ばの前掛け姿の手代が出てきた。

新五郎はすぐに、用意していた小銭を袂に落とし込んだ。そして先代が集めていた書画骨董について尋ねたのである。

「大旦那様は、それが道楽でございました。偽物などをお求めになることは、なかったと思いますが」

手代は、狩野英信など知らない。しかしすでに亡くなった大旦那だった者の画を見る目は、確かだろうと言い足した。

川崎が不正に関わろうとしているのは、もう疑いようがなかった。

店に戻ると、おつなも叔母も引き上げたあとだった。

「いけませんね、若旦那。勝手なことをしては。旦那様もおかみさんも、御立腹ですよ」

さっそく平之助に声をかけられた。渋い顔をしていた。新五郎にしてみれば、返す言葉はない。奥の部屋へ行くようにと告げられた。

幸い父は外出をしているとか。それで母のいる部屋へ行った。もちろん、たっぷりと説教を受ける覚悟である。

「まあ、お座りなさい」

厳しい顔で言われて、新五郎は膝《ひざ》を揃《そろ》えて座った。

「勝手な真似《まね》をいたしました」

まずは両手をついて謝った。

「おまえも、少しはまともになったかと思っていましたが、まだまだですね」

大きなため息を一つ吐いてから、母は話を続けた。

「確かに、お品さんのやり方は乱暴でした。しかしそれで店を出てしまうのは、大人げないじゃあありませんか。おつなさんは、自分が嫌われたと思ったかもしれませんよ」

「はい。あの人には、申し訳のないことをしました」

それを考えると、胸が痛い。鈴を張ったような目。愛らしい笑顔。それが脳裏に残っていた。

「己の気持ちのために、他人に嫌な思いをさせてはなりません」

納得のゆく説教だった。お品は、この縁談はなかったことにすると言って帰って行ったとか。

「それでですがね。おまえはどんな娘の話を持ってきても、乗り気にはならない。もしや添いたい娘でもあるのか。ならば話してみるといい。惣太郎の思いを、私は聞かなかった。でもきちんと聞いていれば、お鶴についても遠回りをさせないで済んだ。

おまえには、同じことをさせたくないからね」

惣太郎とお鶴は、もともとは好いて好かれる仲だったが、兄は思いを両親に伝えなかった。それが好いてもいない男のもとへ、お鶴を嫁がせることになった。四年の歳月が、無駄になったのである。

「今さらだけど、私はそれを悔いているんだよ」

母は、しんみりとした声で言った。耳にした新五郎は、どきんとして胸に痛みを感じた。母がそんな言葉を口にするなど、これまで一度もなかったからである。

惣太郎がどうしてもと言うから、しかたがなくお鶴との祝言を許した。それくらいにしか考えていなかった。

母の気持ちが、初めて伝わってきた。ありがたい、とも思った。

「私には、今何としても添いたい娘はありません」

頭には、お鶴の顔が浮かんでいる。それでも、名を口に出すことはできなかった。出してはいけないと思っていた。

兄のために、そしてお鶴のためにである。

「そうかね。それならばそれでいいのだが」

と言ってから、母は思いもかけないことを口にした。

「実はね、惣太郎が亡くなったときに、お鶴をおまえの嫁にしようという話が出た。おまえには、知らせなかったけどね」

これにはは、息が止まりそうになった。喉《のど》の奥に何かが絡まって、声どころか息も出ない気がした。

「お鶴は札差の家の嫁としては、充分な働きをしていた。奉公人もしっかり束ねていた。子はできなかったが不満はなかった。それに兄が亡くなって、その女房と弟が夫婦になるのは、珍しいことではないから」

これは、天祐も言っていた。

新五郎が応えられずにいると、母はさらに続けた。

「離別になっても、お鶴は実家に居辛《いづら》かろう。跡取りのいる家だから、いずれはどこかに嫁がなくてはなるまい。それならば、おまえと一緒になればいい。他家に行くくらいならば、弟のおまえが添い遂げるのを、惣太郎はかえって喜ぶと思ったからね」

ただ親族の中には、子ができなかったことを理由に、反対をする者もあった。歳も三つ上だった。

弥惣兵衛にしてもお邑にしても、ぜひにもと考えていたわけではない。

「おまえには、家業に励んでもらいたかった。腰の据わらない子だったからねえ」

そう言われると、耳が痛い。札差として、本気で生きて行く覚悟ができていなかった。それは当然、見抜かれていたのである。

「だから、おまえには話さなかった。心を乱してしまうと考えたからね」

もっともな話だから、新五郎は頷いた。

「でもね。お鶴には、そのことを話してみたんだよ」

「ええっ」

これは天地がひっくり返るかと感じたくらい仰天した。心の臓が、いきなり冷たい手で鷲掴《わしづか》みされた気持ちだった。

「お、お鶴さんは、なんと……」

かすれた声になったのが、自分でも分かった。けれども何を聞いても、取り乱してはいけないという自制の気持ちがあったのは確かだ。

「あの人は、何も言わなかった。ちょっと、迷うような顔をしたけどね。無理強いをしちゃあいけないと思ったから、返事を催促することはしなかった」

話は、それで終わったのである。以後この話は、お邑もしないしお鶴がしてくることもないままになっていた。

「こんな話、聞いても迷惑かもしれない。だから忘れてしまっていい。こんなこともあった、というだけの話だからね」

母がなぜこの話をしたのか、その真意は分からない。ただ新五郎にしてみれば、胸の動揺が抑えきれないものになったのは明らかだった。自分がお鶴と夫婦になることを、父までが反対しなかったというのも、にわかには信じられないくらいだった。混乱している。

店に戻っても、心の乱れは収まらなかった。頭の中では、ずっとお鶴のことを考えている。

「若旦那」

と狛吉に声をかけられて、やっと我に返った。

店を閉める刻限になるのを、これほど待ち遠しく感じた日はない。店の戸が閉められたところで、新五郎は通りへ飛び出した。

もうお鶴について、一人で胸の中に収めておくなどはできなくなっていた。

向かった先は、両国広小路に隣接した米沢町の羽衣屋天祐の家である。先日天祐からは、兄嫁だろうとかまわないのではないかと言われた。自分のお鶴に対する気持ちについて気付いている人物だ。

「どうしました。顔が強張《こわば》っていますぜ」

見世物小屋は片づけられて、天祐は家に戻っていた。これから里芋の煮つけと納豆汁で一杯やるところだったらしい。

新五郎は、さっそく上がり込んだ。

「まあ一つ、おやりなさい」

湯呑み茶碗に、燗酒を注《つ》いでくれた。

新五郎は、これをごくごくと喉を鳴らして飲んだ。勢い込んだので、咽《む》せ返りそうになった。酒が喉の奥を、熱を持ったまま通り過ぎてゆく。

胸を拳で二つ三つ叩いてから、新五郎は母から聞いた話を天祐に伝えた。

「おもしれえ話じゃないですか」

「そ、そうですかね」

「おかみさんから話をされて、返事をしなかったのは、嫌ではないてえことですよ。嫌だったら、すぐに首を横に振りますぜ」

あっさりした言葉だった。

「いや、そうとは限らないでしょう。驚いて、それですぐには返答ができなかっただけかもしれない」

「そりゃあ決めつけるわけにはいかないかもしれませんけどね。嫌ではないのは確かですぜ。本当に嫌だったら、月命日のたびに同じ刻限に寺に来るわけがねえ。向こうにしたら、半刻でも一刻でも遅くか早くにしちまえば済む話なんですから」

「ほう」

それを考えたことはなかった。天祐には、兄の月命日に徳恩寺でお鶴と会う話を、そういえば前にしたような気がする。

「新五郎さんが添いたいと思うんならば、はっきりそう言えばいいんですよ。旦那さんもおかみさんも、そこまで言ったんならば反対はしませんよ」

「いや」

「お鶴さんだって、新五郎さんが直に本気の思いを伝えたら、頷くんじゃないですかい」

この言葉は、胸に響いた。

しかしだからといって、頷いたわけではなかった。新たに注がれた湯呑み茶碗の酒を、また飲み干した。

新五郎は、己のお鶴に対する気持ちを自覚している。しかしそこへ足を踏み入れてはいけないという、強く抑える心があるのも分かっていた。

母や天祐は、お鶴を女房とするのを兄は喜ぶのではないかと言った。果たして真実そうなのか。またそうだとして、自分はお鶴にふさわしい男であるのか。またお鶴は自分をどう思っているのか。

これらの疑問は、新五郎にとって越せないほどの深い溝になって目の前に横たわっている。

今の自分は、まだまだ兄には追いついていない。お鶴を女房にしたら、兄を汚すことになるのではないか。

だとしたら許されない話だ。

「まあ、お飲みなさいな」

天祐は、また酒を注いで寄越した。今夜は、したたかに酔っぱらってしまいそうだった。

八

翌日、新五郎は二日酔いとなった。お鶴や川崎小源太のことが、痛い頭の中をぐるぐる巡った。それでも勝手な真似をした昨日があるので、一日店から外へ出ずに若旦那としての役目を果たした。

闕所品の不正な落札について、においはあっても確たる証拠は摑めていない。行うだろうという状況が集められているに過ぎない状態だった。ただこのまま放っておけば、川崎は罪を犯してしまう。気持ちを翻らせるならば今のうちだという気持ちは、ときをへるごとに大きくなった。

そしてじりじりしながらも、競りの前日になってしまった。

「いよいよ、やむを得ないな」

たとえどのような反応があっても、今まで分かっていることをすべて伝えて、気持ちを翻らせようと、新五郎は腹を決めた。そのためには娘いくにも事情を話し、力になってもらおうと考えた。

新五郎は、店が閉じられたところで神田お玉ヶ池の川崎屋敷へ足を向けた。裏口から訪《おとな》いを入れると、出てきたのはいくだった。

「先日は御祝いの品を、ありがとうございました」

と礼の言葉を述べた。その後で、父は夕刻になる前に屋敷を出て行ったと話をした。

「どちらへ行かれたのですか」

「それは、聞きませんでした。遅くならないうちに帰ると言い残しただけで」

競りの前夜である。六角屋と明日の打ち合わせをしているに違いなかった。すぐに六角屋へ行くつもりだったが、いくには事情を話しておかねばと考えた。

娘から翻意を促してもらうのである。

川崎にしてみれば、娘には知られぬところで事を進めたいのは明らかだ。だがここまできてしまえば、もう黙っているわけにはいかない。

また娘に不正はやめろと言われても、かつて新五郎に返したように、そのようなことはしないと川崎は話すだろう。しかし新五郎が調べた中身を聞いていれば、いくの伝え方にも熱がこもるはずだった。

「明日、闕所品にまつわる競りが行われます。それについて疑念があり、お耳に入れさせていただきます」

そう前置きをしてから、調べたことや予想している不審の一切合切を伝えた。

「まさか父上が」

聞き終えたいくは、すぐには信じられない様子だった。

「では嫁入り支度のための金子は、どこから用立てると父上はおっしゃっていましたか」

「それは、髙田屋さまから」

不安げに、いくは顔を向けた。

「うちがご融通したのは、五両だけです」

これを聞いて、いくは初めて顔を青ざめさせた。川崎が調えようとしている嫁入り支度が、五両で済むとはとても考えられないからだろう。

「分かりました。父上に話をいたします」

「はい。不正をなさせてはなりません」

そう言って、新五郎は川崎屋敷を出た。いくに頼んだから、それでいいとは思わない。己ができることを、精いっぱいやるつもりだった。

兄もきっと、そうするだろうと考えるからである。

六角屋の店には、すでに戸が立てられていた。建物の中から、光が漏れてくる気配もなかった。それでも新五郎は、戸を拳で叩いた。

しばらくして出てきたのは、歳の頃十六、七の小僧だった。

「ええ。川崎様は、一刻ほど前にお見えになりました。でもすぐに、旦那さんと猿江様の三人でお出かけになりました」

「どこへ行ったのか」

「ももんじ屋だと思います」

そう言えば幸助が、六角屋は獣肉が好物だと言っていたのを思い出した。あのときは、下谷茅町のももんじ屋へ行ったと話していた。

「では、下谷だな」

「いえ。今日は、他へ行くそうで。知り合いがいないところがいいと、話していました」

「ではどこか」

小僧はそこで、口ごもった。新五郎はここで小銭を握らせた。

「なんでも、本郷にある初めて行く店だそうです。それなりに評判で、建て増しをするほどになった店だとか」

屋号までは分からないとした上で、そう言った。受け取った小銭は握りしめている。

本郷で建て増しと聞いて、新五郎には思い当たる店があった。多平が商う紅葉屋である。その建て増しの費用の一部を、お鶴が貸していた。

「大いに助かりましたよ」

礼を言った新五郎は、本郷に向かった。

紅葉屋は本郷菊坂町《きくざかちょう》にある。日光御成道《にっこうおなりみち》から横道に入らなければならない町である。

振袖《ふりそで》火事で知られる、本妙寺《ほんみょうじ》の裏手に位置する町だ。

獣肉を扱うももんじ屋は、人の多い繁華な場所には店を出せない。紅葉屋のあるあたりは空き地もあって、鄙《ひな》びた気配があった。日はとっくに落ちている。新五郎は手に提灯《ちょうちん》を持って歩いた。

夜も少しずつ深まっているから、吹き抜ける風はだいぶ冷たくなっている。

何度も行っている道だから、暗くても迷うことはない。明かりの灯《とも》っている家があって、それが紅葉屋だった。

提灯の明かりで照らすと、建物の端に材木が立てかけられている。夜になって大工の姿はないが、増築は進められているらしかった。

それでも商いは、休みにしていない。大っぴらには言わなくても、獣肉好きは少なからずいた。一度食べると癖になる。

裏手から建物に入ると、醤油《しょうゆ》に交じって猪を煮るにおいが鼻を衝いてきた。新五郎にしてみれば、空きっ腹を感じさせるにおいだった。七輪では、肉が焼かれている。

「おや、新五郎さん」

多平が、煙の向こうから声をかけてきた。

「ちと尋ねますが、客として六角屋と名乗る五十年配の商人が来ていませんか。お侍を二人連れてきているはずです」

「ああ、それならばお出でになっていますよ。離れ家で、鍋《なべ》をつついています」

「何を話しているのですか」

「さあ。何でも内密な話なので、呼ぶまでは勝手に近づくなと言われています。ですから初めに鍋と酒を持って行って、そのままになっています」

辺鄙な場所だから、密談にはふさわしいのかもしれなかった。

「それで、一緒にお出でになった川崎様というお武家様は、たいへん包丁の扱いに慣れておいでで驚きました」

多平はそんなことを言った。

「川崎様は、刃の研ぎをご自分ですると聞いていますが」

「いや、研ぎではありません。包丁を使って、肉を捌《さば》いたのですよ。見事でした」

「ほう」

そのようなことができるとは、初耳だった。

六角屋らが紅葉屋へ顔を出したとき、仕入れていた猪の肉が届いたという。すでに首や尻尾《しっぽ》は落とされていて、内臓も摘出された状態だった。皮も剝《は》がれていたが、形はまだ原型を留《とど》めていた。

「これを目にして、川崎様は声をかけてこられたのです。これから捌くのかと、おっしゃいました。ずいぶん、懐かしそうな顔をなさっていました」

「それで」

「冗談半分に、言ってみたんですよ。おやりになってみますかって。まあ、ほとんどの方は、これで尻ごみをなさいます」

「川崎様は、そうではなかったわけですね」

「はい」

下げ緒で襷《たすき》がけをし、包丁を手に取ったのである。多平も六角屋も、そしてもう一人の侍も、見物することになった。

「脊椎《せきつい》と肋骨《ろっこつ》の繋がるあたりは軟骨で弱いのです。あのお侍は、それをご存知で包丁を入れました。あれよあれよという間に、捌いておしまいになりました。手慣れたものでした。これが、そのときに捌かれた肉です」

多平は新五郎を、台所の隅に連れて行った。藁筵《わらむしろ》をめくると、そこに裁ち分けられた肉の塊がいくつも置かれてあった。

「ここまでなさる方は、そうはいません。それで、どこでこんな技を身に付けたのかと聞いてみました」

それでああと、新五郎は思い出した。

「秩父ですね。山歩きをしたと聞きましたから、猪や鹿を獲《と》って肉を食べたのではないですか」

「はい。そうお話しになりました。この数年は秩父へ行く折もなくなって、包丁を握らなくなったとか。それでもどうしてもどうして、玄人はだしの腕前でした。あれならば、手間賃を払っても手伝ってほしいと言う主人はいますよ」

多平の話は、新五郎には納得がいった。屋敷へ行ったとき、床の間に猪の毛皮が飾られてあった。自分が捕えたものだと、嬉《うれ》し気に話していた。もちろん毛皮も、自ら裂いたのである。

「ですが、それを口に出されることはありませんでした。なぜ川崎様は、口に出されなかったのでしょうか」

「それは、言いにくいでしょう。獣肉を忌み嫌う方は少なくありません。ましてお役に就いているご直参ならば、なおさらではないですか」

新五郎は、多平の言葉に頷いた。

九

川崎の知らなかった一面を教えられた。しかし事が解決したわけではなかった。三人でいるところへ、新五郎が割り込むわけにはいかない。ただ話の中身は気になった。紅葉屋の離れの部屋は、兄やお鶴と食事をしたときに使った。勝手は知っていたので、やり取りをうかがってみようと考えた。

多平には事情を伝えた。

「どうぞ。気づかれぬように」

と言ってくれた。

忍び足で、離れ家に近づく。障子戸は閉められていて、中から行灯の明かりが漏れていた。三人の人影がうかがえる。

縁先まで行った新五郎は、中の話し声に耳を澄ませた。声を落としているから、話の中身は分からない。

障子を細く開けるわけにもいかない。息を殺したまま、気配をうかがう。

「では、これを。受け取りは頂戴《ちょうだい》いたしますよ」

やっと、これだけ聞こえた。六角屋が言ったのである。

何をしているのか、どうしても知りたかった。障子紙に映る人影は、何かを差し出していた。

新五郎は、障子戸の端まで身を移した。小指の先を口に銜《くわ》えた。唾《つば》で濡《ぬ》らした。そして障子紙にゆっくり押し付けた。

穴をあけた。微かな音でも、気づかれたならば状況を把握するどころではなくなる。細心の注意を払った。子どもの頃、兄が何をしているか覗《のぞ》こうとして、そういう真似をしたことがあった。

小さな穴である。そこに目を押し付けた。

「おおっ」

喉の奥で、声が絡まった。両手で口を押さえていた。

川崎の膝の先に、積まれた小判が見えた。行灯の淡い光を撥《は》ね返している。

「あれは、二十五両だな」

積まれた嵩《かさ》を見れば、それが何枚あるか見当がついた。切餅《きりもち》の高さになっている。切餅は二十五両を、白い紙に包んだものだ。札差の家に生まれて育った者だから、何度も目にしていた。

賄賂《わいろ》の金子が、手渡されたのである。詳細の打ち合わせが済んで、礼の金子が支払われたのだと気がついた。

「分かった、書こう」

川崎は、猿江が差し出した筆と紙を受け取った。文字を書き始めたのである。二十五両の受取証である。

書き終えた川崎は、六角屋へ手渡そうとした。新五郎はこれを見て、もうじっとしてはいられなくなった。

閉じられた障子戸を、両手で開いた。

「いけませんよ、それを渡しちゃあ。死ぬまで、いいように使われますよ」

新五郎は言っていた。

川崎は、目先の二十五両に目が眩んでいる。しかしこんな書付を渡したら、不正の明確な証になるのは目に見えていた。六角屋から、いつまでも強請《ゆす》られることになる。

六角屋に手渡そうとした川崎の動きが、それで止まった。はっとした顔になって、伸ばしかけた手をひっこめた。

「お、おまえは、何者だ」

憤怒の顔になった六角屋が、声を絞り出した。憎しみの眼差《まなざ》しが、突き刺さってくる。

「川崎様が、阿漕な商人に騙《だま》されているのを、見ていられなくなった者ですよ」

「な、何だと」

このとき、横にいた猿江は刀掛けに掛けてあった差し料に手を伸ばしているのが見えた。ここまで来たら、ただで済むとは新五郎も考えていない。

縁の下にあった、木切れを摑んでいた。

「その金は、明日の競りで不正を働かせるための金子だ。実直な川崎様が、そのような不正な金を受け取るわけがない」

「馬鹿な、どんな証拠があるというのだ」

「闕所になった但馬屋の掛け軸、狩野英信の画は偽物ではない。それをおまえは、偽物として安い値で落札しようとしている。川崎様を仲間に引き入れた上でな。そこにある二十五両が、何よりの証拠だ」

新五郎は決めつけた。ここに至っては、絶対の自信があって口にしている。

「他人の部屋へ押し込む、狼藉者《ろうぜきもの》」

六角屋は、したたかな男だった。新五郎を、賊として対応しようとしていた。

「やっ」

刀を抜いた猿江が、躍りかかってきた。障子を開けた部屋から、こちらの頭上をめがけて刀身が振り下ろされてきた。

打ち殺して、狼藉者として片をつけるつもりらしい。

「ふざけるな」

新五郎は手にある木切れでこれを払った。刃をまともには受けていない。体を横に飛ばしている。

手練《てだ》れであるのは分かっていたから、油断はしていなかった。

猿江の体は、この時点で前のめりになっている。勢いもついていた。その手の甲を、木切れで打とうとした。

しかし目の前にあった相手の手は、一瞬に姿を消していた。寸刻の間もなく、二の太刀になって、こちらの肩先を襲ってきた。

「なんのっ」

それくらいでは驚かない。前に踏み出して、その腕を突こうとした。迫ってくる切っ先からは、身を外している。

だがこちらの一撃は、空を突いただけだった。気づいたときには、相手の刀身が横からこちらの二の腕に迫っていた。

動きを封じている。前に出れば、ざっくりとやられるところだった。

やむなく新五郎は身を引いたが、着物の袖は斬《き》られていた。予想した以上の腕前である。

だが負ける気持ちはなかった。相手は、人を騙して金儲けをしようとしている悪党である。遠慮をするつもりもない。

こちらの動きで、猿江の剣も無駄な一撃になっている。動きが大きかっただけに、構え直すために微妙に手間がかかった。

この隙を新五郎は逃さない。

地を蹴《け》って前に出た。木切れの先で、相手の喉を突くつもりだった。殺そうなどとは思っていない。しかしそのくらいの気迫がなければ、渡り合えない敵だと感じていた。

「猪口才《ちょこざい》な」

猿江は声を上げた。一瞬の遅れはあったにしても、向こうも刀を斜めに振り落としてきた。それがこちらの木切れの先に、まともに当たった。

鈍い音がした。

裁ち割られた木切れの先が、闇《やみ》に飛んだ。新五郎が手にしているのは、一尺（約三十センチ）にも満たない木片となっていた。

これでは戦えない。「やっ」と投げつけて、後ろに跳んだ。

だが木片を刀身で撥ね飛ばした猿江は、さらに前に出てきた。こうなると新五郎にしてみれば、攻撃の手立てがなくなる。

猿江の口元に、嗤いが浮かんだ。それが口元から消えかかったときに、刀身が突きかかってきた。

新五郎は、さらに斜め後ろに体を飛ばした。けれどもそれで、母屋の壁に背中がぶつかった。もう逃げようがないところへ、来てしまったのである。

「覚悟っ」

振り上げられた刀身が、脳天に迫ってきた。新五郎には、もうどうすることもできなかった。覚悟を決めた。

だが迫ってくる猿江の刀を、払い上げた者がいた。刀を抜いた川崎が、助勢に入って来たのである。

新五郎はこの一瞬を逃さず、地べたに落ちている石ころを拾った。それを敵の顔めがけて渾身《こんしん》の力を振り絞って投げつけた。

びゅうと音がした。

猿江はそれに気がついて避《よ》ける動作をした。しかしこのとき、同時に川崎の刀が撃ち込まれていた。

「ううっ」

呻《うめ》き声と共に、刀が中空に飛んでいる。猿江の二の腕が、ざっくりと斬りつけられていた。血が跳ね散ったのが、新五郎にもはっきり見えた。

「くっ、くそっ」

叫んだのは、六角屋だった。置かれていた二十五両を掴むと、庭に走り出た。そのまま闇に駆け込んだのである。猿江もよろよろと、歩を進めた。逃げていこうとしている。

その姿を、新五郎と川崎は見詰めた。

猿江の姿が闇に紛れたとき、ふうと川崎はため息を吐いた。

「その方に言われて、拙者の受取証が命取りになると気がついた。此度だけのつもりだったが、あれを渡してしまっては、次の競りでも言われた通りにせねばならぬ破目に陥るところであった」

そう言って血刀を懐紙で拭い、鞘《さや》に納めた。

「礼を申そう。かたじけなかった。その方が現れなければ、それがしは不正を働いていただろう」

それから懐に手を突っ込んだ。先ほど書いた金子の受取証である。これをびりりと二つに裂いてから、獣鍋をどかした七輪の火にくべた。

赤い炎が上がったが、それはすぐに燃え尽きた。

十

闕所品の競りがあった翌々日の昼過ぎ、川崎が高田屋を訪ねてきた。落札が、すべて無事に済んだ旨を伝えに来たのである。

「狩野英信の山水画は、その筋の方から本物とのお墨付きを頂戴いたした。高値での落札となった」

ほっとしたといった顔で、川崎は言った。不正は行われていない。六角屋八十右衛門は、姿を見せなかったそうな。

「六角屋は、昨日も今日も何事もなかったように店を開けています。しぶといですね、あの男は」

新五郎は、幸助に平永町まで行かせて様子を見させていた。競りには出なかったとしても、謀《はかりごと》が公になったわけではなかった。

知らぬ顔で、商いを続ける腹なのである。

「しかし今後顔を見せても、相手にいたすつもりはない。ご案じ下さるな」

「それは重畳」

二の腕を斬られた用心棒の猿江は、六角屋の小僧の話では姿を見せていないとか。深手で剣を握れなくなったら、もう使い物にはならない。追い払われたのかもしれなかった。

一応このことも、川崎には伝えた。

それらを聞いた後で、わずかに面目ないといった顔になって話題を変えた。

「あれから屋敷へ帰って、娘からたっぷり油を絞られた。不正をして調えられた道具など、嬉しくもないと言われた。身に沁《し》み申した」

「それは、ご無礼をいたしました」

新五郎は、頭を下げた。あの結果ならば、いくに伝える必要はなかった。

「いやいや、娘に言われてそれがしも目が覚めた。できる中で支度をすることにした。それならばよろしかろう」

「ええ、いく様もお喜びになるでしょう」

「そこでだが、髙田屋ではあと一両貸せるという話であったな。ならばそれを融通してほしい。返済は厳しくなるが、いくのためには、できるすべてをしたいと考えておる」

その気持ちは、変わらないらしかった。親心といったところだろう。

「もちろんでございます」

新五郎は貸借の書類を拵え、平之助のところへ行って一両を引き出した。

「ところで川崎様は、獣肉を捌く腕がおありだったのですね」

「いやいや、昔のことでござる。久々にやってみて、腕が動きを覚えていたのは幸いであった」

「紅葉屋の多平さんの話では、あれだけできれば手間賃を取って稼ぐことができるとか。いかがですか、なさってみては」

昨日新五郎は、紅葉屋へ行って話をしてきた。川崎が望むならば、他のももんじ屋へ口利きをすると多平は言ったのである。

「非番の日に、行っていただけばいいのです。その手間賃を担保にすれば、もう少しお金を用立てられますよ。そういう金貸しを紹介いたします」

「ほう。それはどこの」

川崎は、その気になったらしかった。

「高利貸しなどではありません。まともな金貸しでございます」

新五郎は、お鶴の顔を頭に置いて言っている。確実に返せる相手ならば、額はともかくとして、借り入れはできるはずだった。

「獣肉を捌くのは、嫌ではない。やってみよう。それを担保に金を借りられるのならば、娘も苦情はいうまい」

「ならば、これから参りますか」

「いかにも」

新五郎は平之助に断りを入れて、高田屋を出た。札旦那の用事に付き合うのである。渋い顔はしたが、駄目だとは言わなかった。

まずは本郷の紅葉屋へ行き、多平と共に同じ本郷内のももんじ屋へ行った。老夫婦のやる店で、包丁を扱える者を求めていた。

実際に仕事を見せて、川崎が非番の日に出かけることで話が決まった。半日働きで、手間賃は銀三匁《もんめ》を受け取る。

この金額に、川崎は満足そうだった。

「好きなことをして、金子を得られるのだからな」

と言った。その足で新五郎と川崎は、神田富松町のお鶴の家へ行った。

金貸しは、借り手があってこそ成り立つ稼業である。着実な借り手ならば、迷惑な客ではない。

「今日は、ご融通をお願いするためにやって来ました」

新五郎は、そう言って川崎を引き合わせた。

「そうですか、ならば話を伺いましょう」

金貸しとして、お鶴は川崎と向かい合った。取りあえず新五郎は、ももんじ屋で得られる手間賃について、それを担保にすることを伝えた。

「川崎様は、病をお持ちではありませんか」

お鶴は直に、問いかけた。

「それはないぞ」

「月にどれほど、出かけられますか。返済には、何匁までを回せられるのでしょうか」

金貸しとして、聞いて当然な内容を一つ一つ確かめてゆく。気負ってはいないが、相手が武家だということで臆《おく》している気配もまったくなかった。

穏やかな口調で、さらに三つ四つの問いかけをしてから、「わかりました」と大きく頷いた。

「四両でいかがでしょうか」

月々元利を均等にして、二年で返済を終える融通だ。川崎の稼ぎを、月々丸ごと取り上げるわけではなかった。良心的な貸し方と言ってよいだろう。

「かたじけない。髙田屋からの金を合わせると、十両になる。これが分相応なところであろう」

借用証文と金の受取証を書き、四両を受け取った。満足げな顔で引き上げて行った。

「川崎様は、喜んで帰って行きました。何よりでした」

「はい。不正に手を染めることなく事が済んだのは、新五郎さんのご尽力の賜物《たまもの》です」

お鶴は、笑顔を向けてきた。

自分がしたことを認めてもらった。そういう思いである。

「兄に、少しは近づいたのでしょうか」

そう問いかけようとして、新五郎は言葉を呑み込んだ。

まだまだだという気持ちが、自分の中にあった。尋ねるまでもない。

「お茶でも淹《い》れましょうか。いただきものですが、金沢丹後《かなざわたんご》の練羊羹《ねりようかん》がありますよ」

「それは嬉しいですね」

お鶴はさっそく、茶の支度を始めた。どこかいそいそとしている。実家の都築屋敷にいたときよりも、のびのびとして暮らしていると感じた。

その後ろ姿を目にしながら、新五郎は母が口にしたお鶴と自分を添わせようとした話を思い起こした。この話は、毎日必ず一度は頭に浮かぶ。

今お鶴は、どう考えているのだろうか。聞いてみたい気がするが、口に出すことはできなかった。

これもまだ、尋ねるのは早いと感じるからである。

今日のところは、二人で名代の羊羹に舌鼓を打つ。それだけでも、充分に満足だった。

第三話　長崎留学

一

この数日、風の冷たさが増した。早朝、道にある水溜《みずたま》りに氷が張っている。行き過ぎる旅人の吐く息が、白く見えた。

蔵前通りが、朝日を浴びて少しずつ明るくなる。水溜りの氷が融け始める頃、人の行き来が忙しくなった。駕籠《かご》や荷車を引く牛の姿、馬上の侍、僧侶《そうりょ》などまでが、足早に歩いているように見える。

いよいよ暦は、師走《しわす》となった。

寒さが増しても、町は活気を帯びている。舂米屋《つきごめや》では、正月用の餅《もち》の注文を受け始めた。

札差《ふださし》も、この時期になるとやって来る札旦那《ふだだんな》の数が多くなった。

正月を迎えるにあたって、何かしらの金子が欲しい者たちである。多く借りれば、後々の返済が厳しくなる。それが分かっていても、年を越すためにどうにかならないか、そう言って足を運んでくる。

遊びが嵩《かさ》んで、借財ができた。そういう者ならば、仕方がないではないかと割り切ることができる。貸せる範囲内なら貸すが、そうでなければ首を横に振る。気持ちは動かない。

しかし髙田屋を訪ねて来る札旦那の多くは、日々の費《つい》えを控えめにつましく暮らしていても、それでも年末の払いに支障をきたす。切羽詰まって、髙田屋へ助けを求めてくる者が多かった。

師走は、つけで買った品の支払いがまとめて押し寄せてくる。

「何とかならぬか。味噌《みそ》醤油《しょうゆ》の払いくらいは、いたさねばならぬ。天下の直参が、金がないでは済むまい」

「それはそうでございますが、前の返済が滞っておりますのでね。このままでは身動きが取れません」

相手は直参で、長い付き合いの者たちばかりだ。野良犬を追い払うようなわけにはいかない。そこが札差の苦しいところである。

ときには、激高した札旦那が刀の柄に手をかけることもある。これを抜かせないようになだめて、しかも貸せない相手ならば、納得はしないにしても仕方がないと帰らせるまでをするのが、札差の店で働く者の技量というものだった。

若旦那の新五郎は、終日店にいて札旦那と手代のやり取りに耳を傾ける。

十月、叔母のお品が、米問屋の娘との縁談を持ってきた。それを断って以来、叔母は顔を見せないから、清々した気持ちでいたが、店に縛り付けられるような毎日を過ごしていた。

お鶴のことも気になっていたが、何もできぬまま新五郎は家業に追われている。手代では話が終わらなくても、若旦那が頭を下げることで事が収まる場合もないわけではなかった。

そんな中で、末次弥太郎《すえつぐやたろう》という札旦那が店にやって来た。家禄《かろく》八十俵の評定所書物方をしている、四十二歳の瘦身《そうしん》の侍だ。

相手をするのは、手代の狛吉である。

「無礼者め」

「初めから、若旦那にも話に加わってもらおう。四十両の、大きな話だからな」

と言った。

新五郎と狛吉は、目を見合わせた。四十両ともなれば、暮らしのための金子ではないだろう。年越しのために、一両二両を貸せというのとはわけが違う。

「さて、どのようなお話でしょうか」

ともあれ、話を聞かなくてはならない。狛吉が愛想笑いを浮かべて言った。末次の前で、二人は並んで座った。

「我が家には、初之助《はつのすけ》という十七歳になる倅《せがれ》がいるが存じているな」

「はい。もちろんでございます」

その程度のことは、当然知っている。狛吉が頷《うなず》いた。

「親が言うのも何だが、倅は学問の面で取り立てて優れておる。蘭学《らんがく》師匠の生方玄徳《うぶかたげんとく》先生の塾でも、一、二を争う逸材だと言われていてな。此度《こたび》、その生方先生が長崎留学をなさることになった。そこで我が倅を、供にしても良いと仰せられた。しかしな、倅の留学にかかる費えは、我が家で出さねばならぬ。その金子を融通してほしいのだ」

「はあ」

いかにも唐突な申し出だった。狛吉も、どう応対をしたものかと、困惑している気配があった。

「生方先生とは、どういうお方で」

いきなり蘭学師匠と言われても、どのような人物なのか、見当もつかない。新五郎にしても初めて聞く名なので、問いかけた。

「おお、そうであった。生方先生は家禄二百俵で、表御番医師をなさっている。もともとは長崎で蘭方の医術を学んだお方だ。それがこの度、上からのお達しで再び長崎へ行かれることになった」

「そのお供を、なさるわけですね」

「いかにも。誰でもというわけではないぞ。蘭学だけでなく、学問に関する深い素養がなくてはならぬ。しかも供ができるのは、一人だけでな。期間は三年間。長崎から帰ってくれれば、倅は二十歳だ。さすれば、それなりのお役に就けるのは間違いない。評定所の書物方ではないぞ。もっと高禄だ。四十両を返すのなど、そうなればわけもない」

まくし立てた。末次家は代々堅実で、つましく暮らしている。したがって髙田屋からは、二年先までの禄米を担保にして金を借りているわけではなかった。だから数両は貸すことができた。

しかし四十両ともなると、話は別である。

「長崎から帰れば、御栄達をなさる。高い役に就くので、その俸禄を担保にして借用をなさりたいというわけですか」

狛吉が念を押した。

「いかにもそうだ」

末次は胸を張った。

「では必ず高禄に就けるという、どなた様かのお墨付きがあるわけですね」

「なんだと」

狛吉の問いかけは、金を貸す者としては当然のものである。しかし末次は、不快な顔をした。

「そのようなものはない。しかしな、長崎から帰ったとなれば、周囲が放《ほう》ってはおくまい」

「はあ」

ため息を一つ吐《つ》いて、狛吉は新五郎に目を向けた。貸せるわけがないと、目が告げていた。

高禄の役が得られる保証はない。末次は、出世払いで金を貸せと言っているのである。これでは、まともな金貸しは誰も相手にしない。

新五郎は、その場から離れたところへ狛吉を呼んだ。いくらまでならば貸せるか、算盤《そろばん》を弾《はじ》いてみろと伝えたのである。

狛吉は貸付帖《ちょう》をひらき、末次家の貸し出し状況を調べた上で、算盤を弾いた。

「せいぜい、十両かと思います」

これは二年先までの禄米を担保にして、札差が末次家に貸せる金子である。跡取り初之助が優秀であるかどうかについては、まったく考慮されていない。

「初之助というのは、それほど見込みのある者なのか」

試しに聞いてみた。

「かなり逸材だという話は、聞いたことがあります」

首を捻《ひね》った後で、狛吉は言った。

ともあれ末次の前に戻って、十両の件だけは伝えた。

「いや。それでは足りぬ。四十両、耳を揃《そろ》えねば話が進まぬのだ」

と粘られた。

必死の形相だ。そして懐から、異国の文字が書かれた紙片を取り出した。

「これはな、倅が書いたものだ」

初之助がいかに優秀であるか、蘭学について気迫を持って取り組んでいるか、という話を始めた。外神田新シ橋《そとかんだあたらしばし》通りにある生方の蘭学塾へ、十四の歳《とし》から通っているのだそうな。

しかし新五郎にしても狛吉にしても、それは金を貸すための材料にはならない。

それでも、たっぷり半刻《はんとき》（約一時間）付き合った。高田屋ができるのはそこまでだと諭して、取りあえず引き上げさせたのである。

店から出て行く後ろ姿を見て、ほっと肩の力が抜けた。出世払いでは貸せない旨を、縷々《るる》伝えたつもりだった。

けれども翌日になって、また末次はやってきた。同じ話を繰り返したのである。

そこで新五郎は、問いかけた。末次は評定所の書物方で、かなりの達筆であるのを知っていたからである。

「子どもたちに、書の手ほどきをなさったらいかがでしょうか。束脩《そくしゅう》や月々の礼の金子が入りますぞ」

身についている技があるならば、それを暮らしの足しにしてはどうかと、新五郎は他の札旦那にも勧めている。武家の子どもだけでなく、富裕な町人の子に教えるという手もあるはずだった。

手助けをしてもいいと、言い足した。

「それでは、目当ての金子を手にするまでに、何年もかかってしまう。欲しいのは、今すぐだ」

末次は苛立《いらだ》ちを顔に表した。

しかし貸せないものは貸せない。この日もたっぷり半刻付き合って、それで帰らせた。

ただ末次は、しぶとい男だった。その翌日も、またその翌日も、店にやって来たのである。倅を長崎へやりたい。その一念で、足を運んでくるのだ。

「他の金貸しのところへも行った。しかし融通はしてもらえなかった」

この頃になると、初めの頃のような勢いはなくなっている。他にも方途を探ったが、相手にされなかった模様だった。

髙田屋の札旦那の中には、書物方ではないが評定所で同心をしている者がいた。店にやって来たので、末次についての所内の評判を聞いた。

「生真面目《きまじめ》な、子煩悩な御仁だ。倅が学問に秀でているので、大いなる望みをかけているようだ」

という返事だった。

「盆暗ならば諦《あきら》めもつくが、初之助はそうではない。だからこそ、親としてできることをしてやりたいのだ」

粘ったところで、そう呟《つぶや》いた。

気持ちが分からないわけではないが、貸せないものは貸せない。出世払いで金を貸すなど、よほどの関《かか》わりがある者でなければありえないのである。

「それがしの縁者には、あと三十両もの金子を用立ててくれる者はおらぬ」

しょんぼりとした様子で言い残し、その日も引き上げて行った。

「さすがに、もう来ないでしょうね」

狛吉は言った。金を借りなければ、娘を身売りさせなくてはならないとか、一族が生きていけないという話ではない。どこかに、ほっとした気配があった。

次の日は、さすがに顔を見せなかった。だがその次の日には、末次は懲りずに顔を見せた。

「どうしてもだめか」

「無理でございますね」

狛吉は、もう辟易《へきえき》していた。

「仕方がない。かくなる上は、御家人株を売るしかあるまいか」

末次は呟いたのである。

「な、なんと。そこまで」

新五郎は、さすがにこの言葉には耳を疑った。御家人株を手放しては、食うにも困ることになるのは目に見えている。それでも、倅を長崎へやりたいという覚悟なのであった。

「まあ、落ち着いてくださいまし」

何とかとりなして、その日も引き上げさせた。

二

新五郎は、店の用事で外へ出た。帰り道に両国広小路を通ったので、羽衣屋天祐の見世物小屋に立ち寄った。少しばかり、息抜きをするつもりだった。

年の瀬になって、世間は慌ただしい。しかしその割には、小屋の客の入りは悪くないと満足そうな顔で言った。

「暇な人間は、どんなときだっているんですよ」

そう言われて、頷かざるを得ない盛況だった。

甘酒を馳走《ちそう》になりながら、新しい出し物の話を聞く。先月と今月は、宮地《みやち》芝居の役者を呼んでいた。話をひとしきりしたところで、新五郎は気になっていた末次弥太郎にまつわる話をした。

御家人株を売ってもという気持ちには、執念さえ感じた。出世払いで金を貸す者はいないが、御家人株を担保にすれば、巷《ちまた》の高利貸しならば貸す者はいるのではないかと思われた。

「なるほどねえ。親の思いというのは、強いですねえ」

聞き終えた天祐は、ため息を吐いた。しかしその後に発した言葉は、新五郎が予想をしていないものだった。

「それは親父《おやじ》の気持ちですが、倅はどう受け取っているんでしょうかね」

これを聞いて、新五郎の心の臓はぴくんと跳ねた。真実子どもに、その気があるのか。親の勝手な思いだけではないのか。それならば長崎行きも、無駄になると告げていたからである。

天祐には、島流しになって八丈島《はちじょうじま》で暮らしている兄の倅がいた。兄は水戸《みと》街道牛久《うしく》宿に近い村で、百姓代を務めるそれなりの土地を持った百姓だった。甥《おい》っ子は、家業を継ぐことを嫌がった。しかし天祐と兄は、先祖代々の田畑を守らせたいと考えていた。

甥っ子の真実の気持ちを、見極められないまま対応してしまった。

それで甥っ子の生きて行く道筋を、結果として摘んでしまうことになった。甥はついには罪を犯し、江戸にも郷里にもいられない身の上になった。

天祐はそれについて、深い後悔の中にいる。だからこそ出てきた言葉だった。

「まずは初之助の本音を、確かめるべきだというわけですね」

「まあ、そうです。でなければ、御家人株を手放したとしても無駄になりますぜ」

もっともな意見だと思った。

もちろん初之助の気持ちが分かったところで、高田屋に何かができるわけではなかった。しかし本心が分かれば、それなりの助言を末次にしてやれるのではないかと考えた。

「幸助を、一日貸していただけますか」

新五郎は天祐に頼んだ。初之助の長崎行きについての思いを、探らせたいと思ったのである。

木戸番をしている幸助を、天祐は呼んでくれた。

話を聞いた幸助は、外神田新シ橋通りへ足を向けた。生方の塾へ行ってみることにしたのである。

生方は家禄二百俵、ぎりぎりで御目見《おめみ》えとなる身分だった。六百坪ほどの拝領屋敷を得ていた。片番所付の長屋門である。

幸助はまず、近くにあった辻《つじ》番所で話を聞いた。聞くにあたっては、駄賃を与えている。新五郎から預かってきた銭だ。

惜しむなと言われていた。

「蘭方の医者として、患者は診ている。でもそれだけではなくて、蘭学の塾もやっている。二十人くらいの弟子が、通ってきているよ」

番人の老人はそう応《こた》えた。かなりの身分の者から、それほどとは思えない微禄の御家人の倅まで、いろいろな若者が集まっていると言い足した。

「では、末次初之助という塾生を知っていますか」

「そこまでは、知らないよ」

言われてみれば、もっともな返事だった。

「詳しいことを知りたいならば、あと半刻ほどここで待てばいい。今日は塾生が来ていたから、もう少しで講義が終わる。出てきたところを、聞いてみればいいじゃないか」

駄賃のお陰か、番人はそう言ってくれた。辻番小屋の中で、待たせてもらうことにした。風は冷たいから、外で立って待っているのとはえらい違いである。

「生方玄徳様の医術の評判は、どうなんですか」

塾生が出てくるのを待ちながら、幸助は尋ねた。

「そりゃあ蘭方の人だからね。しかも長崎で修業をしてきたというから、お武家だけでなく町人でも診てもらいに来る人はいるよ。悪い噂《うわさ》は聞かないねえ。医術だけでなく、他の学問もしていると聞いたぞ」

「また、長崎へ行くそうですね」

「ほう、そうかい」

そこまでは知らないらしかった。もともと生方屋敷と繋《つな》がりのある者ではない。

しばらく雑談をしていると、門扉が開かれた。若い塾生が出てきた。確かに、どれも賢そうな顔をしている。

身分の高そうな若侍の周囲には、取り巻きといった者の姿もあった。

幸助は、初之助の顔を知らない。現れた門弟の中では最も年若に見えた門弟に目をつけた。十四歳くらいである。

問いかけた相手が初之助では、笑い話になってしまう。十七歳だというから、それよりも若い者でなくてはならなかった。

その門弟のあとをつけて行く。生方屋敷からやや離れたところで、声をかけた。

「不躾《ぶしつけ》ながら、お尋ね申し上げます。生方先生は、近く長崎へ向かわれると聞きましたがまことでございましょうか」

問いかけながら、幸助は五匁《もんめ》銀を塾生の懐に押し込んだ。塾生は驚いた顔をしたが、取り出して返そうとはしなかった。

「いかにもそうだ。もっとも出立は、年が明けてからのことだ」

「それには、塾生から供をつけるそうですね」

「うむ。中間《ちゅうげん》や供侍の他に、向こうでの学問のために、手伝いをする者が入用になるからだな。先生のためでもあるが、供として向こうへ出向けば、その者にとっても大いに役に立つ」

「そのお弟子様は、もう決まっているのですか」

「いや、まだ決まってはおらぬ。行きたい者は、大勢いるからな」

まだ決まっていないというのは、驚きだった。末次初之助の名が出たところで、いろいろ尋ねようと考えていたのである。

「では、どうやってお決めになるのですか。もちろん、一、二に優れた方になるとは思いますが」

当然のこととして、確かめた。

「もちろんそうだが、それだけではない」

そこまで言って、塾生は躊躇《ためら》うふうを見せた。口にしていいのかどうか、迷ったらしい。

「お金がかかるのですね」

と助け船を出した。

「いかにも。路銀はもちろん、三年分の暮らしを賄わねばならぬ。四十両を支度出来ねば、名乗りを上げることもできぬというわけだ」

生方が長崎へ行くのは幕命だが、供は違う。こちらの都合で連れてゆくわけだから、それなりの費えが必要になってくる。そのための金なのだそうな。

「そういうことでしたか」

末次は、四十両にこだわっている。その謎《なぞ》が解けた。

「ゆえに、誰でもというわけにはいかぬのだ」

「では学問の面で優れているご門弟が、供になるわけではないのですね」

「うむ。一番優れておいでになるのは、末次様という方だが、その方が供をなされるかは分からぬ」

やっと、こちらの目当ての者の名が出てきた。

「末次様は、では長崎へ行きたいのでしょうね」

「それはそうであろうな。ご本人も、そうおっしゃっておった。ただな……」

言葉を呑《の》み込んだ。金のことは、言いにくかったのだろう。

「では、金子の用意ができて、行きたいと名乗りを上げている方は、他にもおいでなのですね」

「それは、いくたりかいると聞いたが」

名を、挙げてもらった。はっきりはしないが、と前置きしたところで挙がったのは、五人の名である。

そこへ、年の頃十七、八歳といった気配の若侍が生方の屋敷の方から歩いて来た。痩身で、賢そうな面立ちをしていた。手には、書物が入っているらしい風呂敷《ふろしき》包みを持っていた。

幸助と話をしていた塾生は、その姿を見て慌てて黙礼をした。向こうもそれを返して、そのまま歩いて行った。

幸助はこの様子を見て察した。

「今の方が、末次初之助様ですね」

「そうだ」

ならば、初之助をつけてみようと考えた。

だがこのとき、もう一人深編笠《ふかあみがさ》を被《かぶ》った侍が同じ方向へ歩いて行った。身なりはきちんとしている。主持ちの侍に見えた。塾生に確かめると、生方家に関わる者ではないという返事だった。

ここで幸助は、塾生に礼を言い初之助をつけた。

足早に歩いてゆく。神田川に出て、新シ橋を南に渡った。そこで左折して、柳原通《やなぎはら》りを東へ進んでゆく。

「おや」

深編笠の侍も、同じ道を進んだのである。歩調がそろっていた。つけているのではないかと幸助は考えた。

初之助はそのまま歩いてゆく。ついには両国広小路へ出た。天祐の見世物小屋には見向きもしないで、両国橋を東に渡り始めた。

末次の住まいは、竪川《たてかわ》を南に渡ったすぐの本所松井町の先にあると新五郎から聞いていた。帰宅しようとしているのが、それで分かった。

深編笠の侍はどうするかと見ていると、両国橋には足を向けなかった。広場の雑踏の中に、紛れ込んで行ったのである。それで幸助は、つけていたのではないと判断した。

もちろん幸助はつけて行く。

末次の屋敷は、聞いていた通り竪川を渡った先で町屋がなくなり、その先の武家地に入ったすぐのところにあった。百坪程度の屋敷だった。両開きの門だが、かなり古い。

初之助が屋敷に入ったのを確かめてから、幸助は周囲を見回した。すると二軒先の屋敷の門前で、子犬の世話をしている白髪の侍の姿を見かけた。

それで近づいて行って、頭を下げた。

「末次様のご嫡男、初之助様をご存知ですか」

と問いかけたのである。

「おお、蘭学に優れた倅殿だな」

という言葉が返ってきた。学問に秀でているのは、近所でも知られているらしかった。

「長崎に行くという話がありますが、まことでございますか」

「それは知らん。だが本人は、行けるものならば行きたいと前に言っていたな」

白髪の侍は答えた。

「なるほど。学問には、励んでいらっしゃるわけですね」

「末次家の、秘蔵の倅であろうな」

これだけ聞けば、充分だろうと考えた。幸助はこれで引き上げたのである。

三

「そうか。親だけでなく、初之助も長崎へ行きたいと考えているわけだな」

幸助の報告を受けた新五郎は言った。

「へえ。長崎へ行けば、深い学問が身につく。出世の糸口にもなるという考えなんでしょうね」

「そのためには絶好の機会で、何としても金を作りたいわけだな」

「名乗りを上げている者が五人もいるのは、仰天です。異国の学問なんてして、何の役に立つってんでしょうか」

市井に暮らす幸助にしてみれば、うかがい知れない世界なのかもしれない。

「多くのお武家は、直参といっても暮らしに窮している者が多い。手柄を立てようにも、その機会さえない。今のままでは埒《らち》が明かぬと考えて、蘭学に活路を見出《みいだ》そうとしているのではないか」

「あっしには、よく分かりやせん」

幸助は、正直だ。

「それで五人の名も聞いてきたのだな」

「もちろんでさあ」

その名を言わせた。その中に、樋口政次郎《ひぐちまさじろう》という名があった。父の政兵衛《まさべえ》は髙田屋の札旦那だった。家禄百俵で、作事奉行配下の細工勘定改という役に就いていた。その次男が、生方の蘭学塾へ通っていた。

樋口家と末次家の暮らしは、ほぼ同じ程度のものだと思われる。しかし髙田屋へ、金の融通を求めてきてはいなかった。

「四十両を、どうしたのか」

新五郎は気になった。暮らしに窮してはいないが、金を融通する親類がいるとは思えなかった。

それで翌日、湯島の天神下にある屋敷を訪ねた。近くの米屋へ所用で出かけた帰りに寄ったのである。すでに夕暮れどきで、四半刻（約三十分）だけ話を聞かせてほしいと、幸助を使って話を通していた。

下り物の酒一升を、そのとき届けている。出てきた樋口の機嫌は悪くなかった。上がるほどのことでもないので、玄関先で上がり框《がまち》に腰を下ろして話を聞いた。

樋口の歳は四十二で、二人の倅がいる。

「先のことはともあれ、当家には金がない。一度は名乗りを上げたが、競争相手もいるのでな、うちでは諦めたのでござるよ」

さばさばとした顔で言った。ならば髙田屋へ、顔を出す必要もない。

「競争相手というのは、末次初之助様ですね」

「いかにもそうだ。塾生の中では、飛び抜けた逸材だそうな」

「ならば師匠の生方様は、初之助様を供になさりたいのではございませんか」

「いかにも。口には出さぬが、そうでござろう。しかしそのためには、金子がかかる。生方様もそれなりの身銭を切る模様だが、それでも足りぬ。それで供をする者には、四十両がいるとお話しなされたそうだ」

「大金ですね」

「末次家では、金が出せぬのではないかという噂もある」

「そうなると、供はどうなりますか」

これも気になるところだった。

「うむ。一人だけ、確かな競争相手がいる。家禄四百石で御広敷番之頭《おひろしきばんのかしら》を務める、宇佐美三郎兵衛《うさみさぶろべえ》様のご次男で、梅次郎《うめじろう》という十八歳になる方だ」

「お旗本ですね。ならば四十両くらいは、どうにでもなるでしょうね」

「うむ。ゆえにこちらになるのではないかというのが、もっぱらの話だ」

樋口は、いかにもおもしろくないといった顔で言っていた。宇佐美に対して、何か思いがあるのかもしれない。

「梅次郎様というのは、学問の上では、初之助様よりも劣るわけですね」

言いにくいだろうから、新五郎の方から口にした。正直なところを聞きたかった。

「ここだけの話だぞ」

と念を押してから、樋口は続けた。

「倅の話では、かなり落ちるようだ。ただ傲岸《ごうがん》な質《たち》でな、家禄の高さを鼻にかける。しかし上の者には媚《こ》びを売る。一部の取り巻きを除けば、嫌われているようだ」

「いや、ありがとうございました」

幸助が聞いてきた話と併せると、だいぶ事情が分かってきた。これまで耳にした話だけで考えれば、生方にしても供にするならば梅次郎より初之助の方がいいと考えているのに違いなかった。

ただ末次家では、金を作ることができない。これが唯一の足枷《あしかせ》になっている。

新五郎はその足で、宇佐美屋敷へ行った。屋敷は駿河台《するがだい》にあると、樋口から教えられた。

御広敷番は、大奥出入りの関門で、内外の諸事を受け付ける役だ。大奥に関わりを持ちたい大名や大身旗本は、御広敷番に近づいてくる。その方が諸事やりやすいからだが、それゆえ多数の進物がある。袖《そで》の下もあるに違いなかった。

内証は豊かだと推察できる。

宇佐美屋敷は、六百坪ほどの屋敷である。すでに日はすっかり落ちていた。新五郎は持ってきていた提灯《ちょうちん》に火を灯《とも》し、屋敷の様子を見た。片番所付の長屋門で、手入れは行き届いている。

暗がりであっても、屋敷に勢いがあるのは感じられた。

やや離れたところに、辻番小屋があった。番人に小銭を与えて話を聞こうとしたが、主人の名と家禄の高を知っているくらいで、跡取りの名も知らなかった。与えた銭が、無駄になっただけだった。

風が強い。さしもの新五郎も、その冷たさに震えた。屋敷はしんとして、物音一つ聞こえてこなかった。

それでも屋敷の周囲は回ってみた。裏門の前にも行ってみた。しかし何の変化もうかがえなかった。人も通らない。

「仕方がない、帰るか」

そう呟いたとき、裏門の潜り戸《くぐど》に気配があった。新五郎はここで、提灯の明かりを吹き消した。

ほぼ同時に、潜り戸が内側から開き提灯の淡い明かりが外へ出てきた。三十前後の歳とおぼしい中間である。通りに出て歩き始めた。

新五郎は、これをつけて行く。

急ぎ足ではない。町に向かう道筋だった。中間は案の定、神田の町に出た。

すっかり夜の帳《とばり》が下りて、戸を閉めてしまった店は少なくない。しかし飲食をさせる店の軒下には、明かりのついた提灯がぶら下げられていた。

昼間ほどではないにしても、まだ人の通りはあった。中間が入ったのは、煮売り酒屋だった。一杯やるために、屋敷を抜け出してきたのである。新五郎も、一足遅れて中に入った。

中間は燗酒《かんざけ》と煮しめ一皿を買って、土間に置かれた縁台に腰を下ろした。店の中には、他にも数人の男が酒を飲んで談笑していた。

新五郎も燗酒二本を買って、中間が腰を下ろした縁台に尻を落とした。手酌で酒を猪口《ちょこ》に注《つ》ぐ。喉《のど》に流し込むと、安酒でも冷えた体に温かさが染みた。

「うまいですねえ。まあお一つどうぞ」

中間に声をかけ、自分の酒を空になっていた猪口に注いでやった。

「すまねえなあ」

初めは驚いたらしいが、酒には目のない男らしかった。続けて注いでやると、警戒する気配がなくなった。

「お旗本の、宇佐美様のお屋敷の方ですね。何度かお顔を拝見したことがありますよ」

新五郎は顔に笑みを浮かべ、また注いでやった。お屋敷出入りの商人、というふりをしたのである。

「宇佐美様のお屋敷では、ご次男の梅次郎様が長崎へお出でになるそうですね。たいしたもんです。正式に決まったならば、お祝いをさせていただこうと思っています」

そう話を振ってみた。

「おう、それよ。そろそろ、決まるんじゃねえか。一人邪魔者がいたが、それはどうやら金が作れないらしい」

中間は、猪口の酒を一気に飲み干して言った。竹輪の煮しめを口に押し込んだ。新五郎は空いた猪口に酒を注ぐ。

「ならば、間違いありませんね」

「おうよ。ご次男坊だから、殿様も用人の首藤《しゅどう》様も先のことを案じていた。しかしこれで一安心。長崎から無事に帰って来れば、それなりのお役に就ける。何しろ宇佐美家の縁戚《えんせき》には、高禄のお旗本が多いからな。後押しもしやすいというわけだ」

屋敷内では、主家の者だけでなく、用人や他の奉公人までが、梅次郎を長崎へやろうという機運があるらしかった。

「首藤様は、子どもの頃から梅次郎様を可愛《かわい》がっていたからな。長崎へやるためならば、どんなことだってするとおっしゃっていた」

「心強い味方ですね」

それとなく聞くと、首藤はそろそろ五十になる歳で宇佐美家の譜代の家臣らしい。強面《こわもて》で奉公人には厳しいが、主家への思いは強いとか。鏡新明智《きょうしんめいち》流の遣い手でもあるそうな。

「そもそも微禄の家の子が、長崎へ行くなどおこがましい、身の程を知れ、とか言っていたね。そっちに決まりそうならば、きっと何かしでかすよ」

「梅次郎様は、学問がお好きなのですか」

「そいつぁ分からねえな。お屋敷では、異国の書物を読んでいる姿を見たことはない。でもそこそこは、できるんじゃないかね。やれば偉くなれるっていうんなら」

中間は言った。長崎留学は、宇佐美家の者にとっても、またとない出世の機会だと考えているらしかった。

残った酒をすべて与えると、新五郎は煮売り酒屋を出た。

四

精進をし、学問を積んで偉くなろうとするのは、悪いことではない。話を聞くうちに、末次家へ気持ちが移っているのを新五郎は感じた。話を聞く限りでは、梅次郎よりも初之助の方がふさわしい気がする。

御家人株を売ってでも金を作りたいと、末次弥太郎は言った。とんでもない話だという思いは変わらないが、心情を理解できないわけではなかった。

翌日新五郎は、用事を拵《こしら》えて生方屋敷へ様子を見に行くことにした。幸助から、講義が終わる刻限を聞いている。それに合わせたのである。

新たに何かが分かったからといって、髙田屋で金を貸せるわけではない。それでも、じっとしてはいられない気持ちだった。

外神田新シ橋通りを歩いて、生方屋敷の前に出る。まだ門扉は閉じられたままで、塾生の姿は見当たらなかった。

近くの辻番小屋へ行って、講義が終わるのを待った。

四半刻近くたった頃、門扉が開かれた。書物を入れた風呂敷包みを持った若者たちが、通りへ出てきた。

初之助の顔は、一度だけ見たことがある。先代の主人が亡くなった通夜に、屋敷へ弔問に行った。そのとき父弥太郎の隣に座っていた。

「おお」

長身の、見覚えのある顔が通りに出てきた。色白で、いかにも学問好きといった風《ふう》貌《ぼう》だった。どこかにひ弱な風情も感じた。

新五郎は声掛けをしようと、辻番所を出た。けれどもそのとき、初之助に声をかけた塾生がいた。

十七、八歳の四人の者たちである。皆木綿物を身に付けていたが、一人だけ絹物を身に付けている塾生がいた。これが声をかけたのである。
四人が、初之助を取り囲む形になった。

「きさま、まだ長崎行きの願いを取り下げていないようだな。いったいどういう了見なのだ」

偉そうな、問い詰める言い方だった。絹物を身に付けた塾生である。それでこの者が、宇佐美梅次郎だと見当をつけた。

初之助は、問いかけた相手を見詰め返した。

「行きたいと、思っているからです」

「ふん。生意気なことを言うな。微禄の小倅が。少しばかり出来がいいと、鼻にかけおって」

「そうだ。師の覚えがいいと、慢心しておるのだ」

初之助の返答に絡んだのは、取り巻きの塾生である。今にも殴りかかって行きそうな、脅しの気配をこめた口ぶりだった。

「まあ、いきり立つな。怖がらせるような言い方をしてはならぬ」

梅次郎らしい侍が、止めに入った。しかしそれは、いかにもわざとらしかった。そのまま続けた。

「行ってどうする。師のお役に立てるのか。長崎へ行くに当たっては、かかるのは路銀だけではないぞ。懐に充分なゆとりがないと、師に迷惑をかけるだけだぞ」

「できる限りのことをいたします。金子については、どのような辛抱でもする覚悟でございます」

怯《ひる》んではいないし、居直ってもいなかった。己の決意を正直に述べた、という気配だった。

「なるほど、ご立派な覚悟だな」

三人の取り巻きが、げらげらと笑った。それでも初之助は、絹物を身に付けた侍の強い眼差《まなざ》しを見詰め返している。嫌がらせを受けているのは分かっているはずだが、逃げ出そうとする気配はなかった。

「いや、決意はたいしたものだ。だがな、そのためにする親の苦労については考えぬのか。多額の借財を抱えて、塗炭《とたん》の苦しみに遭うのだぞ」

そう言われたときに、初めて初之助の目に涙の膜ができた。しかしそれで何かを口にしたわけではなかった。

絹物の侍は、相手の弱みを突いたのである。親の身を案じて告げたのでないのは、傍から見ていても明らかだった。

「そうだ。己のことしか考えぬ、身勝手なものだな」

取り巻きがはやし立てた。

ここでもう、新五郎の我慢が途切れた。傍へ寄って行った。

「もうこの辺で、おやめなさいまし」

四人を見回して言った。日々曲者《くせもの》の札旦那を相手にしている身としては、怖れるほどの者ではなかった。

「な、何だと」

凄《すご》んだ者もいた。

しかし絹物の侍は、一歩後ろに下がった。初之助に向けていた目を、そらしていた。

「行くぞ」

歩き出してゆく。新五郎には、目もくれなかった。

四人の後ろ姿を見送った。

「かたじけのう、ございました」

塾生らが十間（約十八メートル）ほど離れたところで、初之助は新五郎に向き直って頭を下げた。

「いえいえ、あれは言いがかりでございます。気になさることはありますまい」

そう応じた。

初之助は、返事をしなかった。小さくなってゆく、四人に目をやっただけだった。

「今の中心にいた方が、宇佐美梅次郎様でございますね」

「い、いかにもそうだが」

そう返事をしてから、初之助は驚いた顔をした。新五郎を、たまたま通りがかったにすぎない者だと受け取っていたのである。

「あの方、前にお見かけしたことがありましてね」

とぼけて言った。そして続けた。

「もし長崎へ行かれるようになったら、精いっぱいなさってくださいまし」

それだけ口にして、新五郎もその場から離れた。初之助は、何も言わず立ち尽くしている。どんな返答をすればいいのか、見当がつかなかったらしかった。

新五郎は、そのまま蔵前に向かって歩いてゆく。高田屋では無理だが、どこかの金貸しで貸せる者はいないか、それを思案したのである。

「あれも駄目、これも駄目だな」

なかなか浮かばない。そもそも、無理な金融だった。

父親の末次に書の師匠をさせても、そこから返済できる金子は高が知れていた。三十両という金子は、やはり大きかった。

ここでお鶴の顔も浮かんだ。

「いや、これは無理だな」

すぐに否定をした。お鶴は髙田屋から百両の金子を受け取って、それを元手に金貸しを始めた。末次家が借りれば、それは長期になり、貸してしまえば動かせる金子が少なくなる。

お鶴に負担のかかる話は、したくなかった。それにお鶴は性根の据わった、情に流されることのない金貸しだと受け取っている。末次がどれほど頭を下げても、貸すとは思えなかった。

それでも新五郎は、二人の金貸しを頭に描いた。場合によっては、と考えたのである。

一軒目は、葉茶屋の隠居で伊兵衛《いへえ》という者である。金儲《かねもう》けのためだけに貸しているのではなく世間の役に立ちたいとも言っていたから、気分によっては十両くらいまでならば貸すかもしれないと考えた。

さっそく出かけた。

「冗談じゃあ、ありませんよ」

話が済むと即答された。十両でもとんでもないと、鼻で笑った。

それで次は、笹屋《ささや》という船宿を営む丹左衛門《たんざえもん》という中年の主人を訪ねた。ふんふんと、頷きながら話を聞いた。

「先が楽しみな跡取りでございますな」

とも言った。

「では、融通していただけますか」

「いいですよ。三十両、お貸ししましょう。でもね、利息は年五割。担保は御家人株です。それでよろしいですか」

一年借りて、利息だけで十五両を返さなくてはならない。とんでもない高利だった。

末次に伝えられる話ではなかった。

五

新五郎が店に戻ると、四人の手代は札旦那と熱のこもった対談をしている。そして土間の縁台では六人の侍が、順番を待っていた。師走も半ばとなる。暮らしに追い詰められた札旦那が、銀十匁でも二十匁でもいいから借りたいといってやって来る。

小僧の卯吉が、湯気の立つ茶を配っていた。

店には十人ほどの札旦那がいるが、その中に末次の顔はなかった。どうしているかと、それが気になった。

初之助は、梅次郎や取り巻きの塾生に絡まれながらも、毅然《きぜん》として己の気持ちを伝えていた。親が長崎へやるための費用を捻出《ねんしゅつ》するために、苦心をしていることも踏まえている。だからこそ、成果を出したいと考えているのに違いなかった。動じない姿に、長崎留学への決意を新五郎は感じた。

同情ではなく、明確に行かせてやりたいという気持ちが芽生えていた。

他人の自分でさえそう考えるくらいなのだから、父親にしてみればなおさらの思いだと察しられる。もう髙田屋へ足を向けてくることはなくなったが、それは諦めたのとは違う。

諦めていたら、先ほど目にした光景は起こらないはずだった。

「町の金貸しを、廻《まわ》っているのだな」

と予想がつく。融通してくれる縁者はいないと言っていた。

今しがた、二軒の金貸しに声をかけた。一軒は断られたが、もう一軒は貸してもいいと言った。しかしその条件は、とんでもないものだった。

普通の者ならば、そのような高利の金を借りることはしない。三年過ぎたときには、借りた金額をはるかに越す利息を返さなくてはならない。いくら長崎帰りでも、それができる保証はない。

「ただ末次様は、追いつめられているからな」

気になるのは、そこである。御家人株を手放してもいいとさえ口にしていた。いよいよとなれば、話に乗ってしまう虞《おそれ》があった。

新五郎にしてみれば、それだけは避けさせたいと願っている。

またこの数日、慌ただしさの中で過ごしていても、末次の一件の他に新五郎の脳裏にふっと浮かび上がってきてしまう者の姿があった。

お鶴である。

始めた金貸し稼業は、順調に進んでいるか。これも気になるところだった。

兄の死後、自分と添わせようという話があったと母から聞いた。それ以来新五郎にしてみれば、虚心な気持ちではお鶴に会うことができなくなった。

お鶴とは、兄の月命日の日を含めて、毎月のように顔を合わせている。だがお鶴は、それを口にしたことは一度もなかった。母の話をどう受け取ったかは知る由もないが、新五郎の心は揺れていた。

どんなに忙しくても、何かの折にふっと顔が頭に浮かんでくる。話を聞く前よりも、それが増えていた。

こうなると、自分はお鶴に惹《ひ》かれているのだと認めざるを得ない気持ちになってきた。

そのためには兄に劣らない札差に、ならなくてはいけない。

兄は店の繁昌は、客の繁昌と共にあると言った。だとすると、末次家の願いに自分は応えていないと思った。

こうしている間にも、末次はどこかで話をつけてきてしまうかもしれない。そう考えると、焦りがあった。うまい手が浮かばない。

困惑したとき、いつもの新五郎ならばお鶴を訪ねる。明確な回答を得られなくても、話をし意見を聞くだけでも、次に動くべき方向が見えてくるからだ。

しかしそれが、今は躊躇われた。

翌日、新五郎は日本橋小伝馬町《にほんばしこでんま》にある老舗《しにせ》の米屋へ、父の用事で出かけた。高田屋の遠縁で、札旦那の米を買い取ってくれる客でもあった。書状を届け、返事を貰《もら》わなくてはならない。

今年の米は不作で、米価は上がる傾向にあった。そこで髙田屋は、代理受領した米をすべて売らず借りた倉庫に保管した。そして年末、切米のときより値上がりした今になって手放すことにしたのである。

この米の売り買いの話なので、一方的に伝えるだけでは用が済まない。そこで新五郎が足を運ぶ段取りになった。

髙田屋の手持ち資金が豊富になれば、貸し出しの利息を下げられる。これは惣太郎が始めた商いだった。

小伝馬町での用件は、半刻ほどかかった。髙田屋と相手の店との間に、当初は価格の面で微妙なずれがあったが、話し合いで解決した。

ほっとした気持ちで、新五郎は通りへ出た。ぶらぶら歩いて、神田川河岸の町に出た。

「ああ、ここは」

神田富松町だった。自然に足が向いたのである。胸の奥に、お鶴を訪ねたいという気持ちがあったのは確かだ。

門の前に立って、見越しの松を見上げた。

「せっかくだから」

と、自分に言い訳した。戸を叩《たた》こうとして出しかけた手を、けれども引っ込めた。何を話したらいいのかと迷った。そんなことは、前にはなかった。会いたいと思えば、会いに来たのである。

「またでいいか」

とも考えた。気持ちが怯んだのである。しかしこのとき、背後から声をかけられた。

「新五郎さん」

声の主が誰かは、すぐに分かった。背筋をビクンとさせて振り返った。お鶴が立っている。どこかへ出かけていたらしかった。

「よかった。すれ違いにならずに済みましたね」

そう言われて、ほっとした。

お鶴は戸を開けて中に入るように促してきた。自分の顔が、やや強張《こわば》ったのが分かった。だがこうなると、腹が決まった。言われるままに上がった。客用の部屋ではない。お鶴は角火鉢を間に挟んで、新五郎とお鶴は向かい合った。

新五郎を、上座に座らせる。

「お茶を、淹《い》れますね」

手早く茶葉を、急須に入れる。釜《かま》から湯気が上がっていた。女中のお冬は留守番をしていて、お鶴は近場へ出かけていたらしかった。

「商いの具合は、いかがですか」

まず気になっていたことを尋ねた。住まいは伊勢屋四郎兵衛の持ち物で、格安で借りていると聞いた。その点では気遣いはないが、金貸し業はやはりいろいろと難しい。

「何とか、やっていますよ。伊勢屋さんも口添えしてくれますし、口から口に伝わって、新たな方がお見えになることもあります」

「乱暴者や変なやつが来ませんか」

「はい。お口添えのない方には、会いませんから。お冬は、上手に追い払います」

お鶴は、くすっと笑った。そういえばお冬は、気丈な上に頭のよさそうな娘だった。

「新五郎さまはいかがですか。またお悩みがありそうですよ」

「そうですか。顔に書いてありますか」

前に屈託を抱えて来たときに、そう言われたのを思い出した。お鶴は、優しげな目で頷いた。

また背筋がビクンとなった。屈託の一つはあなただと言いそうになって、言葉を呑み込んだ。

「実は札旦那の一人で、跡取りの方が長崎留学をしようという話が出ていましてね。

それがちと、もめています」

話すつもりはなかったが、あたふたしていたので、つい口から出てしまった。

「まあ、優秀な跡取り様なのですね」

「それはもう」

言葉にしてしまった以上、隠し立てをするわけにはいかない。お鶴の意見も聞きたいという気持ちもあったから、話をすることにした。

末次が金を借りに来て高田屋が断ったところから、昨日生方屋敷の近くで目にした光景まで、詳細に伝えたのである。

「なるほど、本人には硬いお気持ちがあり、お父上様もできることはしたいとお考えなわけですね。でもお足がなくて、話が進まない」

「ええ。末次様は、御家人株を売ってもいいとお考えのようです。いまごろは、高利貸しのところを廻っているかもしれません」

高利ならば貸すと言った、船宿の主人丹左衛門の話を付け足した。

「足元を見て、吹っ掛けましたね」

「ふざけた話です。しかし末次様は、そんな話でも乗ってしまうかもしれません」

「それで浮かない顔をなさっていたわけですね」

「はい。学びたい気持ちがありながら、金子がないために断念させるのは、不憫《ふびん》な気がします」

「無念でございますね」

お鶴は大きく頷いてから、少し考えるしぐさを見せた。そして思いがけないことを口にした。

「末次様の父子に会わせていただけますか。お話次第では、私が三十両を融通しても良いと考えます」

「まさか」

驚きで、それ以上の言葉が出なかった。

しかしお鶴は、気まぐれや軽口で言ったのでないのはよく分かった。また必ず貸すと言ったのでもなかった。あくまでも末次父子との話し合いの結果で、というものだった。

「だ、大丈夫ですか」

新五郎は喜びよりも、お鶴の懐具合の方が気がかりだった。お鶴を追いつめるのは本意ではない。だからこそ、ここへは話しに来なかったのである。

「私の手元には、今三十両の金子はありません。しかし話の持って行きようによっては、用立ててもらえるかもしれません」

お鶴の背後には、金主がいる気配だ。

「それは伊勢屋四郎兵衛様ですね」

すぐに思い当たった。

「伊勢屋さまは、惣太郎さんが命を失う中で、娘さんの命が助かったことに取り立ての思いをお持ちです。ですから私のために、力を貸してくださっています」

「いかにも」

「惣太郎さんは、生きてさえいればさらに商人として力を伸ばすことができたはずです。それが摘まれてしまったことに、伊勢屋さまは慚愧《ざんき》の念をお持ちです。ですからこれから伸びようとしている方に、お手伝いをしたいと望まれています」

「なるほど。生きる道を開かせたいという、お鶴さんの気持ちとも重なりますね」

「もちろん差し上げるのではありませんし、無利息でもありません。ただ先ほどのお話のような、とんでもない利息にはならぬところで、融通ができるかもしれないと考えたわけです」

「分かりました。末次父子に、ぜひとも会ってくださいまし」

新五郎は頭を下げた。

「お金のために、大事なこれからを潰《つぶ》してはなりますまい」

お鶴自身も実家の金のために、望まない暮らしをした過去があった。

「ありがとうございます」

思わずお鶴の手を握りそうになって、新五郎は慌てて引っ込めた。

六

新五郎は、いったん店に戻った。小伝馬町の米屋とした話し合いについては、何があっても伝えなくてはならない役目である。

まずはそれを果たした。

それから平之助に頼んで、一刻半（約三時間）ほどの暇を貰った。詳細は話さないが、これは末次家のためになることだと伝えた。

「では、お帰りの刻限をお守りください」

と念押しされて、新五郎は店を出た。本所竪川を南に渡った先にある、末次の屋敷に急いだのである。

末次家の門前近くに、深編笠の侍が立っていた。中を探っているような気配もあったが、新五郎が近づくとさっと離れて行った。

何者かと、一瞬疑う気持ちが胸に湧《わ》いたが、喜びを伝えられるという気持ちの方が大きかった。離れて行ったことで、深編笠の侍についてはすぐに頭から消えた。

末次が留守なら、概要だけを初之助に伝えるつもりだった。だが幸いなことに、末次は屋敷にいた。

「ま、まことでござるか」

話を聞いた末次は、驚喜した。

「いや。決まったわけではありません。初之助様と会って、話を聞いてからのことになります」

一応、釘《くぎ》は刺している。ぬか喜びをさせるわけにはいかないと考えるからだ。お鶴は情をわきまえた女子《おなご》だが、納得をしなければ首を縦に振ることはない。それは誰の口利きでも同じだろう。

「それでも、手数をかけた。かたじけない。じ、実はな、諦めるしかないかと話していたところであった」

末次は頭を下げた。

さっそく初之助が呼ばれた。初之助は、新五郎の顔を見てびっくりしたようだった。

つい先日、生方屋敷の近くで顔を合わせたばかりだったからである。

「こちらの方です。宇佐美様に絡まれていたときに、助け舟を出してくださった方は」

「さ、さようでござったか。髙田屋殿、心を砕いていてくれたのだな。ありがたい」

もう一度、前よりも深々と頭を下げた。初之助も、合わせて頭を下げていた。

「では、これからお鶴さんのところへ参りましょう。話は、早い方がよいでしょうからな」

「望むところでござる」

金を貸すのが女だと聞いて驚いた様子を見せたが、あれこれと新五郎との関わりを尋ねてはこなかった。三十両を借りられそうだということで、気持ちが他に回らなかったのに違いない。

さっそく父子を伴って、新五郎は末次屋敷を出た。このとき、ちらと深編笠の侍の姿を見かけた。しかし別に、気にも留めなかった。

末次父子の役に立てそうだということで、頭がいっぱいだったのである。

「さあ、ここが金を貸す者の住まいです」

新五郎は、見越しの松を指差して言った。

通されたのは、先ほど話をした茶の間ではない。玄関を上がった脇にある、客との面談をする部屋だった。

新五郎は、お鶴に父子を紹介した。お鶴はまず、初之助をなぜ長崎へやりたいか末次に問いかけた。金貸しの目で、二人を見詰めていた。

「倅は蘭学を身に付けることを目指して、日々を過ごしており申す。長崎へ行けば、それなりに道は開けるであろうが、望むのはそれだけではない。目指した学問を、突き詰められることは何よりの喜びでござる。望む道を歩ませたいと願うのは、親なれば当然でござろう」

「しかし返済は、厳しいですよ。出世払いというわけにはいきません。書の師匠も、してもらわなくてはなりますまい」

「それは言うまでもない。できることは、何でもする所存だ」

初之助には、なぜ蘭学を学びたいのかと尋ねた。

「苦労をかける父母のために、お家のためにそれなりのお役に就きたいと考えております。しかしそれだけではなく、蘭方の医術を身に付けて人の命を救いたいと存じます」

迷いのない口ぶりだった。にこりともしないお鶴の目を、じっと見つめ返して言っていた。長崎留学について、なんども己に問い詰めていたのではないかと新五郎は考えた。

「なぜ医術で、人の命を」

「師の生方玄徳のお屋敷には、病の者が折々やって来ます。争って、胸をざっくりと裁ち割られた侍が運び込まれてきたことがありました。誰の目にも、助かるはずがない傷に見えました。それでも生方先生は、手当てをなさいました」

生方は傷口を消毒し、針で縫ったのである。怪我人《けがにん》も縫う医者も、共に血まみれになった。そのとき初之助は、怪我人の足を押さえる役目をした。手当てをする姿を、目の当たりにしたのだ。

「手当のすぐあとは、しばらく眠ったままでした。でもその患者は、息を吹き返しました。胸に傷跡は残りましたが、死なずに済んだのです。師は言いました。骨に傷はなかった。それがあったら、生き返ることはなかっただろうと」

「なるほど」

「生方先生は傷口をご覧になり、その判断があって手当てをなさったと知りました。慧眼《けいがん》と言うほかはありませんが、それは蘭書をお読みになって知ったとおっしゃいました」

「それで蘭学を学ぶに適した長崎へ、行きたいわけですね」

「はい。長崎には、優れた異国のお医者様も立ち寄ります」

この返事を耳にしたお鶴は、目を細めて初之助を見詰め直した。口には出さなくても、お鶴が好意を持って話を聞いたらしいことを新五郎は悟った。

次にお鶴は、体は丈夫かと尋ねた。

「風邪一つ、引きません」

その言葉を聞いて、お鶴は頷いた。

「分かりました。融通ができるように、金主に掛け合ってみましょう」

そう返事をしたのである。

この日はこれで、父子を帰らせた。

「まず、大丈夫でしょう。はっきりしたところで、返済方法について、打ち合わせをいたします」

お鶴は金貸しの顔で、そう言った。

それから三日後の夕刻、末次が髙田屋を訪ねてきた。新五郎はその後、融通がどうなったか知らないままで過ごしていた。

気になってはいたが、お鶴をせっつくような真似《まね》はしたくなかった。決まれば何か言ってくるだろうとの判断である。

「いかがでしたかな」

店の外、通りに面した軒下で話を聞いた。

「昨日、我が屋敷へお鶴殿が見えた。あれは、わしらの暮らしぶりを見に来たのかもしれぬが、それはそれでよい。ともあれ三十両は、借りられることになった。五年かけて、年利一割で返すと話がついた」

「高田屋よりも、低利ではないですか」

「いかにも。それがしは書を教え、妻は仕立物を行う。家を挙げて、返すのだ」

それについては、苦労だと考えている気配はなかった。

金子は後日、お鶴が用意できた時点で生方屋敷へ持ってゆく。お鶴は生方にも会うと告げたそうな。三十両を低利で貸す以上、慎重を期して貸借の証文を交わそうとしていた。

おそらく生方についても、それなりに調べたのに違いない。

「返済はたいへんでしょうが、喜びもございますね」

「いかにも。それで昨日のうちに、生方先生のもとへその旨を伝えてまいった。先生は、喜んでくだされた」

「では、長崎行きは決まったわけですね」

「うむ。おおむねな」

ここで奥歯にものの挟まった言い方になった。何か、新たな問題が起こっているらしかった。

「はて。まだ気がかりなことが、おありなようですね」

新五郎は問いかけた。

「うむ。どうやら宇佐美家が、無理押しをしている様子でな」

生方は今日、長崎行きの供は初之助にすると塾生に伝えた。すると昼過ぎになって、宇佐美家の用人首藤兵衛《ひょうえ》が押しかけて来たのだそうな。ちょうどそのとき、初之助は屋敷内に残って、師と打ち合わせをしていた。

「それで生方様とご用人の話を、耳にされたわけですね」

「いかにも。かなりの強談判《こわだんぱん》だったようでござる」

「生方様は、それでどうされたのですか」

「撥《は》ねつけた、ということだがな」

「ならば、それでよろしいではないですか。多少のわだかまりは、仕方がありますまい」

宇佐美家でも、屋敷を挙げて梅次郎の長崎行きを後押ししていた。その程度のことは、あっても不思議ではない気がした。

それで生方の気持ちが動かないならば、案ずることはないという考えである。

「まあ、そうであろうな」

礼を言い、伝えるだけ伝えると末次は帰って行った。

そして翌日の昼前、お鶴の家の女中お冬が、新五郎を訪ねて高田屋へやってきた。

「おかみさんから、預かってきました」

文を差し出したのである。

新五郎はさっそくそれを広げた。用件のみの、簡潔な書面だった。

用立てする三十両は、明日にも伊勢屋から届く。そこで生方屋敷には、次の日に届けることになった。ここで証文のやり取りをするが、新五郎には見届人として同道してもらいたいという依頼だった。

「お安い御用だ。承ったと、伝えてもらおう」

お鶴の役に立てるのならば、何よりの喜びである。頼られたことも嬉《うれ》しかった。

お冬は頷くと、足早に立ち去って行った。

懸案が、これで解決する。そう考えると、一息ついた気持ちだった。ただ万全を期すとなると、宇佐美家の様子がわずかに気にかかった。

首藤がごり押しに来たというが、人伝《ひとづて》に聞いただけではっきりしたことは分からない。念のために、幸助に探らせることにした。

七

新五郎の依頼を受けた幸助は、翌日塾生が帰る頃合いを見はからって、生方屋敷へ行った。そして先日話を聞いた年の若い侍に声をかけた。今日は同じ年頃のもう一人と一緒だったので、二人から話を聞くことにした。

道端に寄って、両方に小銭を握らせた。

「生方先生が、長崎行きの供を初之助様にすると皆に伝えた後は、それはもうたいへんだった。梅次郎様は大荒れでな」

「うむ。そうだった。近寄らず、目を合わせることもしなかった。絡まれてはかなわぬからな」

二人は声を潜めて言った。

師が教場から去った後、梅次郎は机を蹴飛《けと》ばしたそうな。

「その部屋には、初之助様はいなかった。いたら、何をされたかわからぬぞ」

「生方先生は、それを見越して同席させないようにしたのではないか」

と続けた。

「宇佐美家の用人様が、こちらへ強談判に見えたと聞きましたが」

幸助は、そのへんにも探りを入れた。

「いかにも。それがしはここの中間に聞いたのだが、しぶとかったらしいぞ」

「ただ先生は、末次家が金子の用意をした以上、初之助様を供にすると告げられたそうだ」

「それはそうだろう。梅次郎様は、長崎で何かを身に付けたいとは考えていない。箔《はく》をつけたいだけだ。そもそも気持ちのありようが違う」

一人がそう言うと、もう一人が声を立てずに笑った。梅次郎は、塾生たちからも嫌われている模様だった。

「二人を供にすることは、できないのですか」

「先生は、お上のご命令で長崎へ行くわけだからな、むやみには増やせないようだ。一人だけ、私費で連れてゆくことが認められたと聞いているぞ」

そうこう話していると、主持ちとおぼしい五十歳前後の侍が現れ、生方屋敷の前で立ち止まった。それに気がついた若い塾生の顔が、強張った。

「あれが、宇佐美家の用人首藤様だ」

幸助の耳に口を近づけて囁《ささや》いた。

「ほう」

一昨日に引き続いて、談判に来たのだと思われた。腹を据えてきた、といった様子の険しい顔つきだった。

そのまま門内に入っていった。

「はて。どこかで見かけたような」

幸助は、その後ろ姿を目にして首を傾げた。体つきや羽織、袴《はかま》の色柄に見覚えがあったからである。

ああと、思い出した。前にここで話を聞いて、そのあと初之助の後ろをつけたことがあった。あのとき間に、深編笠を被った侍が歩いていた。これも初之助をつけているのではないかと、疑ったのである。

しかし両国橋を渡る前のところで、歩く道筋を変えてしまった。それでつけていたのではないと判断したのである。

いた。

「あれはやはり、つけていたのか」

本所の屋敷へ帰ると分かって、つけるのをやめたのだと、今になって幸助は気がついた。

倅の初之助は、部屋で蘭書を読んでいる。生方屋敷へ行く以外は、庭で木刀の素振りや形稽古《かたげいこ》をする。庭や屋内の掃除をする。薪割《まきわ》りや破損した箇所の修繕も行う。しかしそれ以外は、部屋にこもって学問に打ち込んでいた。

一昨日、生方屋敷では、長崎行きの供が一同に伝えられた。梅次郎がおとなしくしているとは考えられないので、師と話し合って休ませている。

長崎へ行ける喜びが、眼差しや物腰から伝わってくる。高田屋の新五郎の手蔓《てづる》によって、お鶴という金貸しと知り合えた。破格の低利で金を借りることができた。二人には感謝をしている末次である。

こうなったら、思う存分学んできてほしいと願うばかりだ。本音をいえば、出世など次の次だと考えていた。江戸から遠く離れた異郷での暮らしには、予想もつかない厳しい面が多々あるはずである。

医術を学びに行って病になったでは、話にならない。

まずは体に気をつけてほしいと、新たな不安の種が出てきた。返済を考えれば、送り出す側も厳しい。しかし初之助の長崎留学には、末次家の希望があった。

「案ずるには及びません。私は丈夫な体に、生んでいただきました」

初之助はそう言った。

「たのもう」

そこへ誰かが訪ねてきた。野太い声で、威圧するような気配さえ感じた。すでに夕刻になっている。何用だと、少し不快な気持ちもあった。

玄関先に出た妻が、青白い顔で末次のもとへやって来た。

「宇佐美家のご用人首藤様が、お越しになりました」

「そ、そうか」

用件の筋は、容易に予想がついた。話すべきことは何もないが、門前払いをしても簡単に引き取る相手でないのは、分かっていた。

しかし家に上げる気持ちもなかった。微禄とはいえ、こちらは直参である。首藤は宇佐美家の陪臣《ばいしん》だった。玄関の式台まで出て、向かい合った。

「宇佐美様の名代でお越しになったのならば、お上がりいただこう。そうでないならば、ここで話を聞くことにいたす」

首藤は、もともと険悪な顔つきだった。それでもむっとした気配になったのは分かった。

「初之助殿の、お供が決まったそうでござるな。しかし行くとなれば、表向きの四十両だけでは済むまい。異郷で不慣な真似をさせるわけには、参らぬのではないか」

いかにも親切ごかしといった言い方だった。

「お気遣いは、無用でござる。なんであれ、当家の始末でござるゆえな」

首藤の言うことは、あながち的外れとは思えない。しかしそれを言われる筋合いはなかった。

怯みそうになる気持ちを抑えつけて、胸を張った。

「金がなくて、長崎までわざわざ惨めな思いをしに行くことはない。いかがであろうか、ものは相談だ。末次家で長崎行きを辞退するならば、抱えている借金のすべてを、こちらで肩代わりしてもよいのだぞ」

ふざけるなと思いながら、末次は聞いている。

ただこの申し出は、前にもあった。生方から塾生一同に供の話がなされたときに、首藤は角樽《つのだる》の酒を持ってやって来た。

「初之助殿が申し出なければ、話は決まったようなものでござる」

と言ったのである。

もちろん酒は受け取らず、追い返した。にもかかわらず、またしてもやって来たのである。物言いだけでなく、話の中身も無礼だった。

返答をしないでいると、首藤は続けた。

「御当家は、八十俵高のお役をなさっておいでだな。しかしな、話次第では百俵高のお役を手配できるやもしれぬのだがな」

どうだと言わぬばかりの口ぶりである。太平の世、二十俵の加増でも、通常ならば一生に一度あれば幸運といってよい話だった。

しかし末次は、こちらを嘗《な》めているとしか感じなかった。

「お引き取りいただこう」

これ以上、目の前の男と話をする必要はなかった。

相手は、憎悪の目でこちらを睨《にら》みつけた。

「そうか。後悔をするなよ」

捨て台詞《ぜりふ》を残して、立ち去って行った。

八

翌朝目を覚ますと、雨の音がした。布団から起き上がると、寒さに体が震えた。

「みぞれ交じりの雨です。きっと雪に変わりますよ」

店に出てきた平之助が言った。店には火鉢を用意した。表の戸を開ける頃には、外はすっかり雪になっていた。

それでも札旦那は、髙田屋へ融通を求めてやって来た。ただその数は、さすがに昨日よりも少なかった。

蔵前通りが、雪に覆われている。その白い道に、荷車の轍《わだち》が残っていた。

今日は、お鶴が用立てる三十両を生方屋敷へ届ける。高額の金を貸す以上、保証人とは言わないが介添え役として、受け渡しの場に立ち会ってもらえないかと依頼してきたのである。

新五郎はその介添え役で、用心棒という気持ちもあった。

「昼までには、戻ります。出かけさせてください」

これは母に、昨日のうちに伝えた。お鶴が金貸しを始めたこと、そして三十両を貸すために、自分が介添え役になる旨を伝えたのである。

「そうかい。あんたが行きたいなら、行けばいい」

母は、お鶴が金貸しを始めたことを知っていた。半月ほど前に、文を貰ったとか。

平之助に話してくれたので、店を出るのは問題なかった。番傘を差して、まずは神田富松町のお鶴の家へ行った。

浅草御門を渡ったところで、客待ちをしていた辻駕籠を一丁雇った。晴れているならば歩いて行こうと考えていたが、雪道になった。新五郎なりの配慮である。お鶴を乗せるつもりだった。

雪は止《や》む気配がない。そのせいか道行く人の姿は少なかった。見越しの松にも、雪が薄く積もっていた。

「お世話になりますね」

家に入ると、支度を調えたお鶴が待っていた。一度に三十両を貸すというのは、金貸しを始めて最初だそうな。そういう意味では、眼差しに緊張があった。

「新五郎さんにご一緒してもらいますから、助かります」

これは本音だろう。

金を貸すことで、一人の若い塾生のこれからが広がる。初之助の成長を、この世にはいない惣太郎に祈願をしたと言い足した。緊張の中に、喜びも混じっている。

「では、参りましょう」

お鶴を、門前で待っていた辻駕籠に乗せた。金子の入った袱紗《ふくさ》包みを、両手で抱えるように持っていた。駕籠の屋根にも、雪が積もっている。

止まない雪道を、駕籠が進む。新五郎はそれに合わせて、歩き始めた。

「寒くありませんか」

「大丈夫です」

声をかけると、駕籠の中から声が返ってきた。風があると、番傘を差していても雪が顔に張り付く。かなり冷たいが、お鶴の役に立っていると思うから寒さは感じなかった。

雪を踏む音が、小さく響く。しかし聞こえるのはそれだけで、しんと静かな街並みだった。足元が滑りやすくなっているので、注意するのはそれだけだ。

駕籠も急いではいない。

新シ橋の袂《たもと》に出る。ここは右折して橋を渡った。道が一筋、北へ伸びている。新シ橋通りに入ったのである。

道も建物も、白一色。雪にけぶって、遠くまで見晴らすことはできない。末次父子は生方屋敷で、お鶴の到着を待っているはずだった。

町屋が終わって、武家地に入る。このあたりに来ると、まばらにあった人影もなくなった。積もってゆく雪を、足で踏みしめた。

だがこのとき、新五郎はけぶった雪の中から、人の動く気配を感じた。強い殺気も感じている。目を凝らした。けれども人の姿はない。

「気のせいか」

と思ったとき、向かう道の先から走り寄ってくる足音をはっきり感じた。けぶった雪の中から、刀を抜いた侍が姿を現した。草鞋《わらじば》履きにたっつけ袴、顔には鼠《ねずみ》色の布を巻いていた。

全身が、雪にまみれている。待ち伏せしていたものと思われた。

「ひえっ」

仰天した駕籠舁《か》きは悲鳴を上げ、荷っていた駕籠を取り落とした。雪の道に、お鶴の体が放り出された。駕籠舁きたちは持っていた杖《つえ》を放り出し、這《ほ》う這《ほ》うの体《てい》で逃げ出した。

侍は抜身の刀を振り上げると、お鶴の傍へ駆け寄った。

道に放り出されたお鶴は、それでも袱紗包みの金子を手放してはいなかった。両手で胸に抱え込んでいる。

「その手にあるものを出せ、命まで取ろうとは言わぬ」

侍はかすれた声で口にした。まだ起き上がれないお鶴は、憎悪の目で前に立つ侍を睨みつけた。

新五郎は、駕籠舁きが落としていった杖を拾った。

「きさま、首藤だな」

じりりと前に出、身構えながら新五郎は言った。お鶴に指一本でも触れてみろ、ただでは済まさないぞという気迫が胸に溢《あふ》れていた。

「何だ、その方。余計な真似《まね》をすると、命を失うぞ」

侍は名を呼ばれたことで、一瞬の動揺を見せた。どうやら図星だったようだ。

刀を構え直し、新五郎と向かい合った。このときには、微塵《みじん》の隙《すき》もない完璧《かんぺき》な立ち姿になっている。かなりの手練《てだ》れだと思われた。

新五郎は息を呑んだ。

刀の切っ先が、徐々に上がってゆく。上がり切ったところで、一撃が来ると察した。握りしめた杖を、前に出した。一刀足の間合いに入っている。

「その方、少しは剣を習ったな」

言い終わらないうちに、脳天目指して切っ先が飛んできた。気迫のこもった一撃だ。相手の体も、目の前に迫ってきた。

「やっ」

新五郎は、その内懐に飛び込んでいる。相手の喉を突いてやろうという気持ちだった。手にある杖は、迫りくる刀身よりも長い。ぶつかれば敵の喉の方が、先に潰れるはずだった。

「なんのっ」

相手の体が横にずれた。しかしただずれただけではなかった。角度を変えて、こちらの首筋を目指して刀が飛んできた。

自在の動きと言ってよかった。

ただこれは、新五郎にしてみれば織り込み済みだった。こちらの杖の先が、敵の刀身を撥ね上げている。

勢いづいた二つの体が、交差した。

休むことはできない。すぐに身構えようと、足を踏ん張った。だがわずかに足が、雪に滑った。攻めかかろうとしていた動きが、その分だけ遅れた。

その隙を、相手は逃がさない。

真横から刀身が迫ってきた。構えることもしないまま、刀を振ってきたのである。

びゅうと音がした。

新五郎はこれを、払い上げる。そして前に踏み出した。払った棒の先で、相手の小手を狙《ねら》った。

当たれば、手の甲を打ち砕くほどの力が入っていた。

しかしこれをかわした相手の切っ先が、くるっと回転して、再び迫ってきた。軸足に、力を込めた上でのことである。

けれどもその動きには、誤算があった。足元の雪を、甘く見ていたのである。微《かす》かに体がぐらついた。

向かってくる刀身に、鋭さはなかった。刀身と、相手の体の動きがよく見えた。同時に、こちらは杖の先を突き出していた。

「とうっ」

新五郎は渾身《こんしん》の力をこめて、敵の前に出てきていた手の甲を打ち付けた。杖を握る手に、確かな手応えがあった。甲の骨が、砕けたのが分かった。

「ううっ」

刀を握っていることはできない。刀が、雪の舞う中空に飛んだ。

新五郎はここで、さらに肩へ一撃を加えようとした。殺すつもりはなかったが、捕らえたいとは考えたのである。

だが相手の反応は早かった。瞬時に身を引いていた。飛んだ刀を拾おうともしないで、雪の舞う道に駆け込んだのである。

けぶる雪が、瞬く間にその逃げる姿を覆い隠してしまった。

「お鶴さん。怪我はありませんか」

追いはしなかった。骨を砕かれた首藤は、もう攻めてくることができないのは明らかだった。

「だ、大丈夫です」

お鶴はまだ、雪の中から立ち上がれないでいる。手を貸して、立ち上がらせようとした。

「痛っ」

駕籠から放り出されたとき、足を捩《ね》じったらしかった。袱紗の金子を手放すまいと、無理な体勢をとった。気づかぬうちに、足を踏ん張ろうとしていたのかもしれない。

お鶴は、顔を歪《ゆが》めていた。

それでも何とか立ち上がったが、雪道を歩くのは、とてもできそうになかった。しかし生方屋敷へ向かわないわけにはいかない。

「さあ、どうぞ」

新五郎は体を屈《かが》めた。背負っていこうとしたのである。

「は、はい」

躊躇っていては埒が明かない。お鶴はこちらの背中に、体を預けた。

そろそろと立ち上がった。滑って転ばないように注意をしたのである。踏みしめるようにして、歩き始めた。

両手が塞《ふさ》がっているから、番傘は差せないが、仕方がなかった。

雪が頭や顔にかかってくる。払うことができなかった雪を、お鶴が払ってくれた。

「ああ」

それで新五郎は、自分が今お鶴の体を背負っているのだと、改めて意識した。重くはない。しかし背負っていると、背中に温かみが伝わってくるのに気がついた。

柔らかい体だ。

歩きながら、背中をわずかに揺すり上げた。耳の近くに、息づくお鶴の顔がある。

今にも触れてしまいそうだった。

「足は、痛くありませんか」

「平気ですよ。新五郎さんの背中は、惣太郎さんの背中のように大きいですね」

お鶴が耳元で囁いた。

誰もいない雪の道である。踏みしめる足音だけが、あたりに響く。新五郎は、こうやってどこまででも歩いて行きたいと願った。

お鶴の体の温《ぬく》もりを、かけがえのない愛《いと》おしいものだと感じたからである。

九

「い、いかがなされた」

雪まみれになった新五郎とお鶴の姿を目にした末次は、顔色を変えた。迎えに出ようとしていたところだとも、言い添えた。

到着の遅れを、案じていたのである。

体や頭にかかった雪を払い落とした。その上で新五郎は、事情を伝えた。

「そうですか。あやつめは、そこまでいたしましたか」

末次の口から、昨夜首藤が屋敷を訪ねてきた顚末《てんまつ》を聞いた。

「ともあれ御無事で、何よりでした」

初之助が、熱い茶を運んできてくれた。新五郎とお鶴は、それを啜《すす》った。背負って歩いてくるのには、喜びがあった。しかし熱い茶は、ありがたかった。

さっそく、生方の部屋へ行った。

生方玄徳は三十七歳。きりりとした眼差しの、鼻筋の通った男である。新五郎も立ち会う中で、お鶴は三十両を差し出した。借用証文と金の受取証を末次から受け取った。

金貸しは、情では金を貸さない。初之助は、優れた若者であり先行きに期待が持てる人材だった。けれどもだからといって、必ずしも高禄の役に就けるという保証があるわけではなかった。それでも初之助の持つ資質を担保に、お鶴は金を貸したのだと新五郎は思った。

末次は受け取った金子に、すでに高田屋から借りていた十両を加えて、生方に手渡した。

これで初之助の長崎留学が、正式に決まったのである。

「当塾は、今月をもってしばらく閉じます。続けて勉学を望む者には、新たな師匠を紹介するつもりでいますが、梅次郎は望んでこないかもしれませんな。あの者は、本気で蘭学を学ぼうとする気迫がありませんでした。それなりに能力のある若者ではあったのですが」

生方は、残念そうな顔で言った。

新五郎とお鶴が襲われたことは、話していない。また襲った者が首藤だろうという見当はついていたが、確たる証拠はなかった。

「無事に話がついたのですから、公にすることもありますまい」

新五郎が言うと、末次は頷いた。

すべての用事が済んだとき、雪は前よりも小降りになっていた。

「辻駕籠の手配をいたしました」

玄関先へ出たとき、生方家の中間が言った。

「そ、それは、お心遣い畏《おそ》れ入ります」

新五郎は言ったが、実は帰りもお鶴を背負って帰るつもりだった。しかしだから断るというわけにはいかない。お鶴の顔にちらと目をやったが、何の変化もうかがえなかった。

駕籠に乗ったお鶴と共に、生方屋敷を出た。

金を渡してしまった以上、もう襲われる虞はない。新五郎は晴れ晴れとした気持ちで、雪の道を歩いた。

お鶴の家に着くと、女中のお冬は甘酒を拵えて待っていた。

「これはありがたい」

遠慮せず馳走になる。お鶴が、指図をしていたのである。

茶の間で、向かい合って飲んだ。新五郎が転居の祝いに持ってきた座布団を敷いてのことだ。捻った足は、ときがたてば治るだろうとお鶴は言った。

末次家の役に立てたことは、嬉しいらしかった。

熱い甘酒が、はらわたに沁《し》みて行く。新五郎は、尋ねようと思ってできないでいたことを聞いてみようと考えた。応えたくないなら、問い詰める気持ちはない。

「お鶴さんは、どうして金貸しになろうとしたのですか」

女子《おなご》に適した小商いは、他にもあるだろうと前にも思った。

「そうですね、初めからやろうと決めていたわけではありません。でも金貸しの稼業は、惣太郎さんが生涯をかけてなそうとしていました。そして跡を継いだ新五郎さんも、必死で札差になり切ろうとしています。その姿が、この二、三か月で、すっかり重なってきたような気がします」

「ま、まさか」

これは魂消《たまげ》た。心の臓がどきりとした。

「惣太郎さんならばこうするだろうということを、あなたはいつの間にかしています。惣太郎さんが目指した札差に、間違いなく近づいています」

返答ができずに、新五郎は茶碗《ちゃわん》に残っていた甘酒を飲み干した。

お鶴は言葉を続けた。

「私も髙田屋から戴《いただ》いた金子を、生かしたいと思いました。お金は人を誤らせますが、それだけではありません。支えることもできます」

利息を取るだけを考えて金を貸すならば、末次家への融資はあり得ない。それを踏まえての言葉だ。

「私は兄に近づきたいと考えていますが、まだまだそうはなりません。でも目指そうと思えるのは、間違いなくお鶴さんがいたからです。私は気づかないうちに、支えられていました」

口にしてしまってから、かなり慌てた。ここまで言うつもりはなかった。それをしてしまったのは、お鶴を背負って生方屋敷まで歩いたからだと感じた。

あの背中の温もりと柔らかさは、忘れられない。その感触が背中に残っている。

また一度口から出た言葉は、呑み込むわけにはいかないと分かっていた。自分の気持ちを伝えたことになるが、それならばそれでいいと割り切った。

「私だって、そうですよ」

「えっ」

「惣太郎さんがいきなり亡くなって、私は後を追いたいくらいの気持ちになりました。でも高田屋の姑《しゅうとめ》は、私を励ましてくれましたよ。私を高田屋へ残そうと、してくれましたから」

「……………」

お鶴はその先の言葉を呑み込んだ。口に出すつもりは、なさそうだ。

しかし新五郎には予想がついた。母は自分とお鶴を、添わせようとしたのである。

母の言葉がお鶴を支えた。

もしそれが本当ならば、話に乗る乗らないは別にして、己の存在に意味があったのは確かだと感じた。

「甘酒を、もう一杯召し上がりますか」

「いただきます」

お鶴はお冬を呼んで、湯気の立つ新しい湯呑みを持ってこさせた。

「長崎は、どのような町なのでしょうか」

それからしばらく、初之助が向かう異郷の地について話をした。少し前に、気持ちを打ち明け合った。けれどもそれ以上の思いを伝え合ったわけではなかった。

四半刻ほどして、新五郎は引き上げた。

十

師走も、いよいよ押し詰まってきた。商家の中には、すでに正月用の門松を立てたところも現れた。蔵前通りは、人と荷車でいっそう慌ただしくなっている。

高田屋には、ひっきりなしに札旦那がやって来た。

「銀十匁でもよい。何とかならぬか。それでしつこい掛取りを、追い返すことができるのだ」

悲痛な声が上がった。

困った手代の狛吉が、新五郎に目を向けてきた。すでに二年先の禄米まで担保にして、金を貸している相手である。

しかしこの札旦那は、いい加減な者ではなかった。ゆとりがあれば、切米のときではなくても、返済をしてくることがあった。

貸金の担保は、二年先の禄米までというのは高田屋の金融の基本である。ただ額によって、また返済の実績によっては、杓子定規《しゃくしじょうぎ》にやって札旦那を追い返すわけではなかった。

新五郎は、声には出さないで狛吉に頷き返した。

「いやいや、もう一度計算をし直してみました。十匁までならば、何とかなりそうですね。それ以上では、鐚《びた》一文出せませんが」

「それでよい、大いに助かるぞ」

前提は曲げない。帳面の上では十匁でも超過の貸し出しだが、やり取りとしては規定内という形にしたのである。

この判断はこれまで平之助がしていたが、新之助もすることが許されるようになった。父がやってみろと言ったのである。

「少しは若旦那らしくなったというわけではないですかね。でも慢心をしてはいけませんよ」

平之助には、釘を刺された。

裁量の範囲が増えれば、その分だけ責任も重くなる。一人前になるのは、まだまだ先だと新五郎は考えている。

店の用事で、本所の米屋まで出かける用があった。そこで帰り道、羽衣屋天祐の見世物小屋に立ち寄った。

末次家の一件が収まってからは、まだ顔出しをしていなかった。幸助が、客寄せの声を上げていた。

「どうしたんです、やけに清々しい顔をしているじゃあないですか」

天祐は、一目見るなりそう言った。どう返事をしたものかと迷っていると、そのまま言葉を続けた。

「ははあ。お鶴さんとの間に、何かありましたね」

「いやいや、そんなことはありませんよ」

一応は否定した。何かを言えば、すべてを吐き出してしまいそうな怖さがあった。

さすがに天祐は、こちらの気持ちを見抜くのが早いと感心した。

今年最後の惣太郎の月命日だったのである。当然のように、徳恩寺の境内でお鶴と顔を合わせた。いつものように茶店で饅頭《まんじゅう》を食べたが、昨日二十四日は、正月の三日になったら、一緒に昼飯を食べようと新五郎は誘ったのである。

「楽しみですね」

とお鶴は応じた。

何かのついでに会うのではない。会うことが目的だった。

その心の弾みが、顔に出ているのだと気がついた。

「かまいはしませんよ。惣太郎さんは、あなたが一人前の札差になり、お鶴さんを幸せにするならば、文句なんてないはずですから。きっと草葉の陰で、喜んでくれますよ」

天祐は、訳知り顔で言っていた。

「そんなもんですかね」

新五郎はあいまいな返事をした。それでも胸の内では、気持ちがはっきりと定まっていた。お鶴にふさわしい男になろうという覚悟は、もう揺るがない。

本書はハルキ文庫（時代小説文庫）の書き下ろしです。

時代小説文庫
ち 1-23

札差《ふださし》高田屋《たかだや》繁昌記《はんじょうき》㊂ 兄《あに》の背《せ》中《なか》

著者　千《ち》野《の》隆司《たかし》

2015年11月18日第一刷発行

発行者　角川春樹

発行所　株式会社 角川春樹事務所
〒102-0074 東京都千代田区九段南2-1-30 イタリア文化会館

電話　03(3263)5247［編集］　03(3263)5881［営業］

印刷・製本　中央精版印刷株式会社

フォーマット・デザイン＆シンボルマーク　芦澤泰偉

本書の無断複製(コピー、スキャン、デジタル化等)並びに無断複製物の譲渡及び配信は、著作権法上での例外を除き禁じられています。また、本書を代行業者等の第三者に依頼して複製する行為は、たとえ個人や家庭内の利用であっても一切認められておりません。
定価はカバーに表示してあります。落丁・乱丁はお取り替えいたします。

ISBN978-4-7584-3959-6 C0193 ©2015 Takashi Chino Printed in Japan

http://www.kadokawaharuki.co.jp/［営業］
fanmail@kadokawaharuki.co.jp［編集］ ご意見・ご感想をお寄せください。

千野隆司の本

札差髙田屋繁昌記

シリーズ（全三巻）

①若旦那の覚悟
②生きる
③兄の背中

この稼業、武家が怖くては務まらぬ——。
江戸の金貸し「札差」の若旦那が
活躍する！

時代小説文庫